流浪的鸟巢

 王雪茜 著

东南大学出版社

·南京·

图书在版编目（CIP）数据

流浪的鸟巢 / 王雪茜著 . -- 南京：东南大学出版社, 2024.6. --（六朝松文库）. -- ISBN 978-7-5766-1232-5

Ⅰ . I267

中国国家版本馆 CIP 数据核字第 20244Y30E4 号

责任编辑：周　娟　　责任校对：李成思　　特约编辑：赵小龙
封面设计：鸿儒文轩・末末美书　　　　　　责任印制：周荣虎

流浪的鸟巢
LIULANG DE NIAOCHAO

著　　者：	王雪茜
出版发行：	东南大学出版社
出 版 人：	白云飞
社　　址：	南京市四牌楼 2 号　邮编：210096　电话：025-83793330
网　　址：	http://www.seupress.com
经　　销：	全国各地新华书店
印　　刷：	三河市华东印刷有限公司
开　　本：	880 mm × 1230 mm　1/32
印　　张：	6
字　　数：	129 千
版 印 次：	2024 年 6 月第 1 版第 1 次印刷
书　　号：	ISBN 978-7-5766-1232-5
定　　价：	58.00 元

本社图书若有印装质量问题，请直接与营销部联系，电话：025-83791830。

目 录

众神归来 　　　　　　　　　　　　001

猛禽出没 　　　　　　　　　　　　029

流浪的鸟巢 　　　　　　　　　　　054

醒来的芦苇塘…… 　　　　　　　　076

应许之地 　　　　　　　　　　　　088

沉默的大多数 　　　　　　　　　　106

神兽不惊的地方 　　　　　　　　　125

鸟䎱于泽 　　　　　　　　　　　　144

海鸟爸爸 　　　　　　　　　　　　154

无问去处——野生动物医院笔记　　165

众神归来

绝大多数没有见过鸭绿江口湿地"鸟浪"的人，对于我们地区鸟儿的数目之多是难以置信的。当我们驻足水泽和浅滩时，几乎无人质疑，我们正在侵犯谁的私人领地。滩涂和芦苇塘一望无际，谁天生住在这里？那些在新鲜的阳光中穿梭，或者在涌动着潮气的海滩中啄食的候鸟，是多么优雅而珍稀。

在我们这里，春天是从2月下旬开始的，一直延续到4月末。涨潮落潮渐渐明晰，渔船只要轻咳一声，海就醒了。海边人只远远瞄一眼，心里已有了画面：潮间带宽阔起来了，小石板蟹躲在松动的海滩岩下，文蛤、杂色蛤、黄蚬子、海螺、泥螺在浅滩中若隐若现。海风把潮鲜气塞满了大街小巷，连墙缝里都没放过。不用说，大活汛期到了。

当我看见碱蓬草冒出细芽，婆婆丁鼓出舌状的黄蕾，新苇芽已从枯苇空隙钻出时，便知道，我们湿地的春天已经苏醒了。海边人熟悉潮汐，编出了许多潮汐谚语："月上天，潮涨滩""十二三，正响干""初一、十五，水上日午""二十四五，潮不离浦（小潮汛）"……大家跟随潮汐，到海滩上捡文蛤、黄蚬子、杂色蛤，从岩石上掰小螺、敲海蛎子，移开活石抓石板蟹……

正是这一时期，标志着众鸟归来。两三种比较耐寒的鸟类，诸如灰鹤、豆雁、黑嘴鸥等，通常在2月底陆续抵达。同期归来的还有白鹭和天鹅。

以上文字致敬"美国自然主义文学之父"约翰·巴勒斯。我很喜欢读他的《醒来的森林》，他说在森林中，每个季节的某段时辰都对某种鸟类格外垂青。在我们湿地也是这样。白头翁提醒我去等待天鹅和游隼，玉兰花通知我去约会斑尾塍鹬和大杓鹬，当我看到杏梅花星星般洒满枝头时，鸻鹬类大部队已呼啸而来。

白鹭

从朝鲜半岛迁徙而来的豆雁和大天鹅，在2月底便到达黄海北岸，从我国南方北迁的白鹭也在同月抵达。我上下班喜欢乘坐沿江线路的远郊车，看稿之余，目光可在鸭绿江两岸随时切换。《新唐书》记曰："有马訾水出靺鞨之白山，色若鸭头，号鸭渌水。""马訾水"是鸭绿江的古名，"靺鞨"是中国古代居住在东北地区长白山、松花江、黑龙江一带的民族，即后来女真族的祖先。另有一种说法，认为鸭绿江为满语音译，在满语中意为"边界之江"。每年3到9月，上下班途中我都能看到成群的白鹭，它们或三三两两地在稻田里觅食，或悠闲地在鸭绿江的一个个江心小岛上飞来飞去。尤其车行至灯塔山公园附近时，运气好的话会看到一两百只白鹭同时起落，像无数的云朵在风中翻飞，如仙如画。灯塔山公园山脚下有一片茂密的树林，是白鹭非常喜欢的歇息地。白日在江上嬉戏、觅食的白鹭，傍晚便回到树林中。远远望去，恍如一树树的白花，令人觉得只有白云和白鹭在天地间最耀眼闪亮。

鸭绿江流域以及周边的河滩，是白鹭以及更早到来的苍鹭的繁殖地，它们在这里谈情说爱，生儿育女，哺育幼雏，一直到10月，幼鹭渐渐长成，白鹭们才携着儿女返回南方。

一日，偶抬头，发现灯塔山对面路边竖着一个小区的指示牌——"江山和鸣"，立时觉得这四字真恰如其分。临江，靠山，又有白鹭为邻，人鸟和鸣，风水宝地，这小区的人好有福气啊。

忽然有一个春天，我发现灯塔山附近看不见成群的白鹭了，视线里偶尔出现两三只，也是一副失魂落魄的张皇模样。我百思不得其解，问了住在灯塔山附近的朋友，才知道，按照设计规划，树林被砍掉了，就地建了小区篮球场。白鹭们大约去了别处。"和鸣"静了音，唯余江山。可失去了树林的山，失去了鸟类的江，我觉得就像失去了血管的皮肤，"江山和鸣"不就成了没有心跳的躯壳了吗？

夏天时，到绿岛办事，意外发现绿岛的白鹭似乎多了好多，一群规模和样貌颇为眼熟的白鹭在鸭绿江朝鲜一侧岸边觅食。日未落，它们便急慌慌飞回绿岛。我疑心它们就是灯塔山的那群白鹭，只是疑心罢了。

有一个更美的画面不容忽视，必须在此时大张旗鼓地补充出来。那是梨花盛开的时节，我们在一家农庄吃饭，无意中发现对面草河湿地的一小片小树林中，隐约着数点白光，跟农庄的一树树梨花遥相呼应。庄主说那是白鹭。忍不住绕行一圈至小树林附近，果然，十几只白鹭蹲在树枝间。附加的惊喜是，这群白鹭正在求偶期，为了吸引异性，头背部和颈部已然长出了繁殖饰羽。真是"飘飘乎如遗世独立，羽化而登仙"。有的三两只聚在一起窃窃私语，有的很是活泼，从一棵树飞到另一棵树上。我视线正前方的那对白鹭，头上的两枚辫羽像女孩子长长的银色发带，羽枝在风中飘摇弄姿。雄性把头颈由S形弯曲成O形，正旁若无人地给它的新娘梳理颈背的细长饰羽。这一双鸟儿多么像正在拍婚纱照的小情侣，举手投足间，流淌着蜜一般的柔情。它们的装饰性婚羽，在逆光中根根分明，蓑羽雪光般耀眼，比新娘子的白头纱还要招摇。

正暗自欢喜，不知从何处冒出来一对男女，大呼小叫，一惊一乍。男子大概为了讨女孩儿欢心，也或许仅仅是顽皮，捡起一块石头，用力向树上抛去，白鹭们受了惊，呼啦一下飞起来，繁殖羽逆风绽开，宛如从手风琴流泻出纯白的月光。女孩欢呼起来，举着手机不停地拍照。一想到与这惊鸿一瞥的美伴随着的是人类的自私与傲慢，我就猛然懊恼起来，觉得生而为人，实在是应该抱歉。

没有一只鸟儿会像人类一样，歌唱单身快乐。在求偶季节，鸟儿们都会拿出自己的看家美貌。有些鸟儿会生出美姿各异的繁殖羽。这是一个心动的约定，鸟儿们心照不宣。在我们湿地的鸟类中，白鹭、绿头鸭、凤头䴙䴘、黑脸琵鹭等，不论雄雌，都会长出繁殖羽。黑脸琵鹭是全球濒危的鸟类之一，有"鸟中大熊猫"之称。只有过了两岁的黑脸琵鹭才有换新装的资格。鸭绿江湿地的黑脸琵鹭数量极少，曾经，我只能在摄影师拍摄的图片里欣赏它的风采。

惊蛰日。宽甸县杨木川镇白鹭村。拂晓，烟涛微茫，青冥浩荡。晨雾给柞树和槐树笼上了一层仙气。成千上万只白鹭，列在枝头，等待日出。六点四十分，群鹭忽地腾空而起，以白云为衣，以山风为马，在近四万亩生态林上空翩跹绕飞两周，接着快速错落，四散而出，飞往周边的河滩湿地。这场清晨外出觅食前准时开启的盛大狂欢仪式，如神女聚会，景象壮观，唯美空灵。作为"大气和水质状况的监测鸟"，白鹭对栖息地和繁殖地十分挑剔，绝不将就。而山明水秀的白鹭村，对鹭鸟来说，就是天堂的模样。

大天鹅

另一种美得像仙女下凡一样的大鸟，是跟白鹭外形接近的大天鹅。大天鹅和白鹭有着同样优美的大长颈，乍一看好像是一奶同胞，其实凭直觉很容易区分。大天鹅偏胖，嘴偏扁；白鹭纤瘦，嘴长而尖。相比于白鹭对我们这边气候和水域的恋恋不舍，大天鹅算是匆匆过客，它们从朝鲜半岛或我国南部一路北上，在我们这边"加油"之后，稍作休息，便继续北上，到蒙古高原或俄罗斯贝加尔湖等繁殖地生养后代，留在我们这里繁殖后代的天

凤头䴙䴘筑巢

鹅少之又少,即便产卵,也很少能顺利孵化。

合隆水库边的库塘湿地,是大天鹅默认的北迁歇息地。水库南面毗邻大片水稻田,周边不乏鱼塘,芦苇丛生。近年,北面又修筑了封育围栏。这里的浅水滩水域开阔,水生植物繁茂,除了大天鹅,苍鹭、白头鹤、黑嘴鸥、小白额雁、凤头䴙䴘、东方白鹳、白尾海雕、灰鹤、大鸨、鸿雁等也是这里的常客。每年3月初,这里的大天鹅数量会达到高峰,约有上百只。有一个动作我百看不厌:大天鹅将它的脖颈一下子完全扎进水里,远看,水面上只余一团雪色。那么长的脖颈竟可以那么灵活,弧度优美,柔韧自如,真不知它是怎么做到的。当然,在"天鹅诗人"鲁文·达里奥笔下,天鹅那神圣的脖颈无疑是个巨大的问号,蕴含着天籁般的思索。

我有时忍不住会想，鸟类迁徙的内在驱动力是什么呢？温度？食物？固然对，但更重要的一个因素，我想是基因吧。延续基因，进化基因。在鸟儿的意识里，种群的延续永远比个体的存活重要，这可能也是鸟类决定迁徙策略的主因吧。人类自认为高鸟一等，自然从不用担心这个，人类也无法理解"云之君"的境界。有个疑虑一直困扰着我，稻田里残存的农药对大天鹅和其他鸟类究竟有多大的影响？每次在稻田边逡巡，我都十分留意，近几年，我一次也没有在稻田附近发现天鹅的尸体。一些生长在稻田里的小鱼小虾体内一定有毒素存留，通过食物链自然会在大天鹅的体内蓄积，这会不会引起大天鹅生理和生活习性的变化？会不会降低它们的生存能力和繁殖能力？会不会改变它们的基因？有次，陪媒体朋友去观鸟园采访，我抽空问了工作人员这个困扰，他却诧异地盯了我两眼，嘴角撇出一丝冷笑，你们写文章的人，脑回路怎么就不在正道上？你吃的大米、蔬菜，哪个离得了农药？你还不是活得好好的？我一时语塞，竟然无言以对。

难道这不是一个值得弄清楚的问题吗？众所周知，在延续基因和进化基因这个问题上，所有的鸟类都不敢敷衍。尽管如此，有时也由不得它们，最大的干扰因素仍然来自人类。譬如我们这边的大天鹅，原本是很少在稻田里活动的，可由于北面大片苇塘变成耕地，加之修筑了封育围栏（据说是为了更好地管理湿地上的天鹅），大天鹅的生存环境被迫碎片化，这导致大天鹅为了生存，不得不改变活动区域和饮食习惯。或许是我的疑心病作祟，今春，我再次见到这些大天鹅时，总觉得它们比往年肥胖些，雄性的求偶行为似乎也少了很多，雄雌愈加难以分辨。

你可能会问，大天鹅为什么不换个地方栖息呢？树挪死，鸟儿挪活呀！起初我也冒出过这样的疑问。拍大天鹅的摄影师朋友觉得我真是多此一问，当然不会回答我，他只是感叹，现在越来越难拍到大天鹅在我们这边繁殖后代的照片了。

专家没有回答我的问题，时间给了我答案。2023 年 3 月初，大洋河两岸迎来了庞大的大天鹅迁徙群。在大洋河边的镶白旗村李波家的池塘里，大量的天鹅如期而至。3 月 4 日的调查，至少有 1750 只，来这里夜宿的天鹅可能超过 2000 只。2021 年 3 月，三只被救助的天鹅康复后，被野保专家佩戴了跟踪器，故而得知途经此地的天鹅主要是从朝鲜半岛迁徙而来的，休整 20 天左右到俄罗斯的贝加尔湖和蒙古高原繁殖后代，与合隆库塘湿地的天鹅为同一迁徙路线。专家们在调查中还发现了外国科学家标记的大天鹅——一只颈环编码为 3T03 的大天鹅，来自蒙古国，它已经连续两年来此补充能量。这群天鹅的种类不止大天鹅一种，在大天鹅群中，专家还发现了两只小天鹅。河面上还停歇着成千上万只大雁和野鸭，数量最多的是数以万计的花脸鸭，还有一种针尾鸭（尖尾鸭），中央两枚尾羽又长又尖，比较容易辨认。

上千只天鹅"嘎嘎"鸣叫，引来了无数的拍鸟人。一时之间，打开短视频平台，大量的天鹅画面蜂拥而至。

对鸟类摄影师的跟拍行为，大多数人不以为意。可在我的朋友、野保专家小白看来，鸟类摄影师的跟拍和追拍行为绝对无知无耻，不可原谅。

"你留心一下就会发现，被摄影师盯上跟拍的孵卵过程，大多无法顺利完成。"他说。每当谈到这个话题时，他总是皱着眉头,一副痛心疾首的样子。

我理解小白,他对野生动物的喜欢已不仅仅停留在爱护的层面上,他研究它们已渐痴迷。任何一种对野生动物有可能造成骚扰和伤害的举动,哪怕是无心之举,都会令他义愤填膺,他也因此得了个"鸟人"的绰号。而我觉得,在小白心里,鸟类才是"鸟人",自己就是"人鸟",就如在达尔文眼里,自己就是"人虫",昆虫就是"虫人"。在我看来,从天性来说,没有任何一种鸟,不害怕人,即便是麻雀、喜鹊、乌鸦这类随处可见的留鸟,朝夕与我们相处,对人类仍旧充满警惕。而在繁殖期,鸟类对人的恐惧更达到了极致,任何一点来自外界的干扰都会让它们诚惶诚恐,胆战心惊。

"女人怀孕时,受到惊吓会流产,鸟儿也一样啊,它们的繁殖环境更脆弱。"是的,我早就听摄影师朋友说过,十巢九覆。怪不得乐不思蜀的鸟儿极少,尽管我们这边食物充足,气候宜人,它们也会毫不犹豫地继续飞向人迹罕至的最北方。

我书架上有一本俄国作家米哈伊尔·普里什文的书《飞鸟不惊的地方》。我一页没看过,买它,纯是因为喜欢这个书名。

有一则新闻说,某地有一位专拍大天鹅的爱心摄影师,每年都要购买大量的玉米,喂养迁徙到某地池塘的大群天鹅。李波也是如此,每年3月,他都要给他家院子里的大天鹅投喂玉米。这也是一件令我联想颇多的事情。我们小区有位心善的阿姨,见不得流浪猫狗忍饥挨饿,常呼猫唤狗,喂东喂西,竟致小区野猫野狗数量激增。白天,野狗四处乱窜;夜晚,野猫细声尖叫。民怨沸腾,阿姨则感叹人情冷漠,委屈满腹。最终小区物业给母猫母狗做了绝育手术。老实说，对于此类善心，我很不屑，对野生动物而言，可能也非善举。尤其对迁徙类天鹅而言，定时定点投喂行为更是无知之举。长此以往，会让大天鹅产生依赖心理，丧失自主捕食能力。我更怀疑人为投喂会导致它们体质下降，增大感染疾病的概率，甚至有可能使大天鹅基因突变，器官退化，比如长喙变短。这恐怕不是危言耸听。大自然有自己天然均衡的生态系统，人类的自以为是只会适得其反。

野鸭

相比之下，拍野鸭的摄影师就少多了。这对貌不惊人的野鸭来说，反倒是好事一件。其实，野鸭类比白鹭和天鹅更耐寒，在鸭绿江和大洋河流域，绿头鸭、绿翅鸭、斑嘴鸭、鹊鸭、秋沙鸭、针尾鸭、赤膀鸭、花脸鸭等早在11月前后已陆续来到鸭绿江湿地，次年四五月即返回北方繁殖地。我们这边的野鸭大多来自俄罗斯，也偶有来自我国东北的繁殖种群。摄影师朋友说，3年前，他在月亮岛附近南侧江面，曾发现过一只雄性青头潜鸭，距离他们上一次发现记录已经过去了12年，那只鸭身体圆圆的，头很大，头颈的毛闪着暗绿色的光泽，眼眶亮白，胸腹部一团柔顺的白。当时他激动得浑身发抖，因为青头潜鸭属于极度濒危物种，全球只有大概不足千只。我们地区的冬季气候比较温和，据我观察，以鸭绿江为主的河流、沿海潮沟、滩涂，冬季水面很少结冰，为在我们这里越冬的雁鸭类冬候鸟提供了丰富的食物以及宜居的环境。自然，"留鸭"（终年在此栖居繁殖）也并不少见。

很多鸟类，单凭名字我们便可对其外貌略知一二，野鸭便是如此。可实话说，即便是一群野鸭就在我面前的水域游弋，我也很难准确而又毫不迟疑地喊出它们的名字，除了鹊鸭。鹊鸭犹如鹤立鸭群，两颊有圆圆的白脸蛋，特征太明显了，在任何鸭群中你都会一眼认出它来。

我从小就熟悉野鸭。我家门口的苇塘、姥姥家附近的池塘，总是能看到它们的身影。它们调皮又迷人，有高超的适应能力，任何一片水域都能征服，充满令人惊奇之处。亿万年间，在与自然和人类的周旋中，它们是成功的幸存者。在鸟类中，无论从外貌到嗓音，野鸭都算不上精致讨巧，不被人在意，可它们生活得绝不潦草，有很强的仪式感，有些仪式甚至可以追溯到数百万年之前，可以说是真正的原创演员。

每年二三月，闲来无事的傍晚，我都喜欢到离家不远的一处小湿地去"看鸭"，一待几个小时，从不厌倦。群鸭像一只只适航的小船，在微微波动的水中上下起伏，不急不缓，像它们的生活态度，不争不抢，随遇而安。这处湿地相对来说比较安全，面积不大，由两片绵延数千米的水域和东一簇西一簇的芦苇滩构成。虽说小，可也有完整的生态系统。鹰、狐狸和豹猫时有出没，多少会对野鸭造成威胁。这个春天，鸭群还是幸运的。只要春风吹过，就会给这片湿地带来美味。水生动物的幼虫、小的甲壳类动物、绿草中的小型无脊椎动物，足以让浅水涉猎者满足口腹之欲，而更值得一吃、更有吸引力的食物，通常在水里更深的地方，野鸭天生知晓这一点。迎面而来的一只绿头鸭一下子把头扎进水里，像那些水上芭蕾舞演员一样，整个身体稳稳地直立在水面上，这样就可以够得着更深处的食物。还有一些鸭子是更高级别的潜水员，可以潜到水域的底层捕食。有一对鹊鸭发现了我这个观众，开始成对表演这种技能，以示对我默默观赏的友好回报吧！这对伴侣像双人花样游泳运动员一样，动作完全一致，恍如一鸭。我猜一定是有某一只鸭发出口令，"一，二，三，入水"。真是鸭心有灵犀。雏鸭甫一入水，就知道自己是浅水者还是潜水者，这是天性。可美味的诱惑太大了，远处的一只雏鹊鸭还没有掌握好潜水的技能，便一头扎进水里，可它的身体尚无法完全直立起来，也还没掌握好平衡，我看着它摇晃着倒向一边，翅尾蒲扇一样展开，忍不住笑了起来。为了吃上一口美食，这孩子完全不顾及形象了，好在奖励还是不错的，它捉到了一条小鱼。

当那些大长腿的鸻鹬类鸟儿还在迁徙的路上跋涉时，小短腿们已开启了求偶的现场直播。请允许我向你们描述一只秋沙鸭发出求偶信号的妙姿，它先把头大力弯向侧后方，接着脖颈向前大弧度扭动，反复数次，像白蛇在跳扭腰舞，我脑子里已经自动给它配上了乐曲，差点就要唱出声来："青城山下白素贞，洞中千年修此身，啊，啊，啊……"这傲娇可掬的神态，异性怎能抵挡得住啊。我也见过一只绿头鸭示爱，它的方式则简单多了，它只是用喙指着自己的美翅，简单明了地炫耀：瞧我这美貌、瞧我这体魄。印象最深的是一只鹊鸭，它不紧不慢地梳理着对方的羽毛，而它的意中鸭则老实地待在它的脚下，小鸟依人一般。

与常规的扭脖子、梳理羽毛等动作相比，野鸭们的求偶动作更模式化、简单化、夸张化。换言之，这些动作更像是一场约定俗成的表演行为，动作的原始意义已被替代，变成了仪式化、符号化的求偶信号,成为求偶过程的一部分。这是野鸭行为进化的一个典型例子,是神来之举,更是野鸭们的智慧。

鸻鹬

鸭类、鹭类、天鹅类的到来,仅仅是鸭绿江口湿地众鸟欢聚的开场戏。真正的大部队——鸻鹬类候鸟还犹抱琵琶半遮面,它们的故乡在澳大利亚、新西兰以及大洋洲另外一些不知名的岛屿。从大洋洲候鸟的迁徙路径上说,鸭绿江口湿地处于"东亚—澳大利亚"迁徙路线(EAAF)上的关键停歇站,是名副其实的"国际机场",拥有绝对的枢纽地位,也是穿过中国的三条迁徙路线中最拥挤的一条。

"知道什么是潮间带吗?"小白问。

嗨,完全不按常理出"话"啊!

百度上的解释是,潮间带是陆、海交汇处的一个区域,范围包括从最高高潮线至最低低潮线之间的海岸带(潮浸地带)。背概念我自然是不会,可海边人自有自己的理解。

"涨潮时是海域,退潮时是滩涂。"我回答。这就是我们海边人对潮间带的简单定义。

"鸭绿江口湿地拥有广袤的潮间带,这是吸引众鸟最关键的原因,也是众多鸟类得以在此休养生息的决定性因素。有些原本众鸟汇聚的大港口,出于围海造地等原因造成潮汐不明显,失去潮间带,便再也无法留住鸟类,委实令人遗憾。"

"比如呢?"

"……"

我尝试着在笔记本上画了一张草图，勾出经过中国境内的三条候鸟迁徙路线（西线、中线、东线），并用英文简单标注了地名。看图说话，显然更快更直观。

"每年北半球春分、南半球秋分之际，构成鸭绿江湿地鸟浪大军的鸻鹬类候鸟们，便从它们的越冬地澳大利亚、新西兰出发，一直北上，飞越浩瀚的太平洋和众多的小岛，抵达东亚鸭绿江口湿地这个巨大的停歇站，补充营养，恢复体力。"

"鸻鹬会不会御风而行？"我不由得背出了庄子《逍遥游》中的句子，"野马也，尘埃也，生物之以息相吹也"。

"你以为这是一次毕业旅行啊？"

哎呀，我，愚戆肤浅了。其实，我也知道，气流和风向变幻莫测，天鹅迁徙不过千里或几千里之遥，而鸻鹬每年一次的闭环飞行总里程在两三万公里，又全程在海洋上空飞行，海面的上升气流相对陆地较弱，且没有停歇地可供休息和补给，也就是说没有任何进食的机会，翅膀也不可以有刹那停歇。相比陆地，候鸟从海上迁徙无疑更加艰辛，要么在残酷无情中飞翔，要么在饥寒孱弱中溺亡。不仅不可能是逍遥游，简直是凶险万分的死亡之旅啊！

"云中谁寄锦书来？"当然是鸟类。鸟儿们并不想感知人类的悲欢，可人类却对鸟儿充满了好奇。古人早就观察到，有些鸟儿秋去春来，定期迁徙。这并非因为鸟儿怕冷，而是因为低温把水和草都冻住了，鸟儿们失去了果腹的食物和栖息的空间，它们在冬天必须寻找水草丰茂的栖息地。可鸟儿们从哪儿来，到哪儿去？中途在何处停留？无人知晓。

人们孜孜以求的自然之谜,在 1899 年被丹麦一名叫莫特森的教师揭开了一角。他把印有不同号码的铝环套在鸟儿的腿部,以此来研究鸟类的迁徙规律,后来,铝环被旗标(足旗)、颈环、翼标所取代。鸻鹬类鸟儿的环志通常是旗标。旗标和金属环一样绑在鸟儿的胫部或跗跖上。

十多年前,我记得是 3 月初,我和几个朋友相约去东港海边看鸟。正值退潮,水鸟并不多,它们三三两两在泥滩中搜索软体动物和小型蛤类,它们的大长嘴似乎专门为此设计,可以控制更深的食物。正准备离开时,一只黑褐色的大鸟落在近前的泥滩上,它的嘴又细又长,嘴尖微微下弯,很快,它就找到了一只杂色蛤,轻易地撬开了它的壳,鸟头左右一甩,蛤肉就被它抽到了肚子里。我担心的鹬蚌相争的场面并没有出现。

"看它的腿!绑着什么东西?"朋友眼尖,一下子看出这只鸟儿应该被人捕捉过。

"好像戴着脚环啊!"另一个朋友附和道。

细看,这只鸟左右腿胫部各佩戴一枚橙色的 PPC 类材料制作的环,彼时我们都认不出那是鸻鹬类的哪一种,也不知道那个腿环叫作旗标。我们没带望远镜,自然看不清旗标上的编码。莫特森的后继者显然比他聪明,在野外,彩色的旗标远比金属环更容易被认出。几天后,我在报纸上看到新闻,说那是一只环志大杓鹬,而佩戴橙色旗标的鸟儿是澳大利亚东南部的环志站环志的。相比欧洲,EAAF 线对彩色旗标(带编码)的使用更为普遍。该迁飞路线有一套比较完整的彩色旗标分配协议。不同地区旗标的颜色和组合都不相同，就像不同国家的国旗一样。我们鸭绿江环志的旗标颜色是绿橙组合，查资料得知，我国第一只佩戴彩色旗标的鸟儿就是在我们丹东环志的。这倒是一件令我感到有点意外的事。

资料说，使用彩色旗标和编码，可有效降低重捕对鸟类的伤害。实际上，鸟类被捕获一次之后很难再次被捕获，它对人类已经有了超强的防范之心。尽管鸟儿不想与人有什么瓜葛，专家却可以通过旗标颜色和旗标上的编码以及更高的手段，比如无线电跟踪和卫星跟踪，获得个体鸟类的环志地点，对鸟类个体的生活史进行观察和记录，比如迁徙时间、活动范围、飞行长度、越冬地、繁殖地等，还可以了解种群大小、种群动态趋势、死亡率、寿命等信息，进一步研究鸟类的迁徙规律以及地形地貌等自然条件对迁徙的影响。

"夜晚的鸟群啄食第一阵群星，像爱着你的我的灵魂，闪烁着"，聂鲁达的诗句最适合在我们的春季吟诵。读者啊，如果你愿意，我当然想更为详细地描述一下鹬鹬类鸟儿的迁徙之旅。3月中下旬，当雁鸭类种群进入高峰期时，鹬鹬类前锋——斑尾塍鹬、大杓鹬、大滨鹬、黑腹滨鹬正陆续抵达（甚至在2月底就已能发现它们的身影）。4月，蛎鹬、黑翅长脚鹬、勺嘴鹬、反嘴鹬、黑尾塍鹬、红颈滨鹬等众多鹬鹬类候鸟也纷纷抵达。单看现象，距离我们湿地越远的鹬鹬归来得越早。对鸟儿来说，远乡比近乡情更怯吧，鸟儿与人类多么不同，又是多么相似！

当然，有能力成为马前卒，必得有超拔卓群的看家本领。在鸭绿江口湿地鹬鹬类鸟浪成员中，斑尾塍鹬数量最多，体形最大，比如在一群由两万七千只鹬鹬类鸟组成的鸟浪中，其中两万只左右是斑尾塍鹬，它是当之无愧的"飞行冠军"。斑尾塍鹬是已知世界上单次飞行最远的鸟类，在平均十五到二十年的生命里，它们一生飞行的总里程远超从地球到月球的距离。你知道吗？在国内，只有在我们鸭绿江口的春季，才可见数以万计的斑尾塍鹬群。鹬鹬类候鸟的到来，使鸭绿江口湿地进入"鸟气"最旺的日子，对我们"土著"来说，这多么幸运！

亲爱的读者，如果连续八天不吃不喝不睡，还要不停运动，你相信有人能做到吗？专家说，普通人若不吃不喝，一周左右就没命了。我觉得单是八天不睡觉这一条，就足以反复要我的小命。

可小巧玲珑的鹬鹬类候鸟做到了。所念隔山海，山海不可平。归心似箭的鹬鹬们需要以最省力的方式穿越太平洋。如何才能完成这几乎不可能完成的跨洋之旅？朋友，你要永远相信鹬鹬，永远相信这些天地之间长着翅膀的神灵！

小白说："鹬鹬首先要做的是压缩内脏器官，将暂不用的器官萎缩，腾出足够的空间，接着大量进食，蓄积脂肪。这一点无鸟可及。"

"岂止无鸟可及！"我回道。

我不禁又想起西线候鸟。西线候鸟要穿越的是高寒缺氧的千山万壑，斑头雁等候鸟别有秘招，它们为适应环境而进化的血红蛋白有极强的亲氧性，能最快地与氧分子结合，以满足身体新陈代谢和产热需要。鸟类的智慧有时真是殊途同归。在为生存所做的极限努力以及想方设法进化出适应环境的基因方面，人类的确应该以鸟为师！

远征飞行时，约占身体重量一半的脂肪，就成了鹬类鸟儿保持长飞不落的"燃料"，鸟类学家研究称，斑尾塍鹬飞行途中每小时消耗体重的 0.41%，相比其他鸟类，能量消耗非常小。但如果"燃料"耗尽，而无法飞抵目的地，就只有葬身大海。如果幸运，确实可御风而行，若不幸遭遇强风，它们就会被迫在太平洋上空大转弯，返回起点。

北上之前，2 月前后，鹬类鸟儿还有另一项重要的工作要做，那就是换繁殖羽。以斑尾塍鹬为例，非繁殖期的斑尾塍鹬，羽毛是灰褐色的，换羽后胸前呈现出鲜艳的橙色。雌雄鸟的繁殖羽颜色略有差异，雌鸟的繁殖羽是淡棕红色，雄鸟换羽稍微早于雌鸟，繁殖羽看上去是更为鲜艳的锈红色。在恋爱方面，雄性鸟儿当仁不让，占据主动。人类的恋爱观和恋爱行为倒是不拘一格，这恐怕会让鸟儿瞠目结舌。

换羽会消耗掉一部分能量，体能和营养跟不上的个体无法负担起这样的换羽过程，也就没有能力进行长途迁徙，在生存和繁殖的挑战第一关即被淘汰。适者生存，颠扑不破。危机四伏的迁徙之旅只有正值壮年的鹬类鸟儿才可能胜任。这是一种用生命来飞翔的鸟儿，我不由得想起英国诗人布莱克的诗句："天上飞得最小的鸟儿，也是你的五官无法感知的巨大世界。"

跨过太平洋就可以安然无恙了吗？

不，这仅仅是第一关。它们不知道的是，早在 2 月已抵达的游隼，3 月便进入繁殖期，它们正虎视眈眈地等待在鸭绿江口湿地。尾随鹬类候鸟而来的迁徙猛禽还有从缅泰、日本和中南半岛等地而来的白尾鹞。

精疲力竭、形单影只或运气不够好的鹬鹬，自然成了游隼和白尾鹞等猛禽以及它们子女的盘中餐。这没什么可奇怪的，动物们为了生存而进行的较量，亘古不变。

　　事实上，相比飞越太平洋和被天敌吃掉的危险，鸟类栖息地遭遇人类频繁的活动，才是导致鹬鹬类候鸟折戟沉沙的最大原因。我给很多老师和家有儿童的朋友推荐过澳大利亚艺术家珍妮·贝克的绘本《生生不息》。这虽是一本儿童绘本，却适合所有年龄段的人阅读。《周易》言，"生生之谓易"，而周敦颐《太极图说》云"二气交感，化生万物，万物生生而变化无穷焉"。珍妮·贝克在探访过所有斑尾塍鹬的栖息地后，创作了这本儿童绘本来讲述塍鹬的生命历程，以提醒人类与自然相互依存的关系。书里的每一页都是壮美如画的风景，读者跟随塍鹬的行动轨迹，透过塍鹬的视角，看到蜿蜒的澳大利亚海岸、美丽的大堡礁、雪覆山巅的北极、深蓝的夜空、海边的沙滩、西伯利亚的苔原、缥缈的城市夜景以及茫茫喧嚣的太平洋。尤为值得一提的是，这些壮阔的风景是珍妮·贝克用各种简单琐碎的实物（这些材料也常常为鸟儿们筑巢所用），比如泥巴、沙子、树脂、木片、塑料、布料、毛线、羽毛、纸片、棉花、干草、枯枝、植物的根须……拼贴出斑尾塍鹬经过的海湾、河口、滩涂、冰原、雪野。相信我，《生生不息》一定会带给你不一样的视觉感触。

　　珍妮·贝克在书中忧虑地发出警告："过去五年里，塍鹬65%的觅食地消失了，特别是在黄海区域"，"在返回北部家乡的途中，斑尾塍鹬要在亚洲东南部的湿地停留并补充食物，特别是在中国东部的黄海一带……黄海地区的湿地由于土地征用和开发,正在快速消失,斑尾塍鹬和其他迁徙的鸻鹬类越来越难以在那附近找到休息和觅食的地方……我们在世界这端做出的改变,会在世界的另一端呈现后果。"

生活在黄海岸边的我,一想到珍妮·贝克文后的这段话,就感到无比脸红。

我的一位教地理的旧同事曾给我发过一个图表,是近50年我国湿地萎缩严重的地区分布:滨海湿地减少270万公顷,新疆湿地减少148万公顷,青海玛曲湿地减少30万公顷,三江平原湿地减少13万公顷。因围垦,长江中下游地区连通长江的湖泊由102个减少到两个,只剩鄱阳湖和洞庭湖。

每一个数字都像一根针。触目惊心!

几年前,我见过一张照片,拍的是温州湾一处被围垦的湿地,长长的工厂管道正在向滩涂排出黑浪一样的污水,而温州湾滩涂是EAAF这条候鸟生命线上重要的候鸟越冬地。韩国新万锦也是EAAF线上极为重要的中停地,可因兴建围海工程,多达四百平方公里的滩涂被围垦,原有的十万只大滨鹬,围垦后只剩不到一万只。失去歇息地,对耗尽精力的候鸟来说,无异于灭顶之灾。自然神奇又脆弱,而与鸟争地,从鸟口夺食的人类多么愚蠢和无能啊!

补充一个令我难忘的细节。《生生不息》里有一个跨页正是我的家乡——丹东大东港海港。有幢大楼上写着"沈达保利江海大酒店"字样,那是我们海边人再熟悉不过的地方。珍妮·贝克在访谈中说,她在中国的时候拍了一些有中文标语的牌子,她的朋友教她如何把想写的中文写出来。我想象着珍妮·贝克住在我们这家沿海酒店时，碰到睡不着的夜晚，她一定会遥望群星，低低叹息着沧海变高楼。一想到珍妮·贝克走过我们曾走过的海边，吹过我们曾吹过的海风，看过我们曾看过的海鸟，就觉得世界景色盛衰，万物遥杳，又浑然一体，如在眼前。令我汗颜的是这一页的文字叙述部分——"眼前已不再是它们记忆中的模样"，下一页拼贴的是海滩上丢弃的垃圾。是提醒，更是警示！

继续聊我们的鸻鹬们。经过一个月左右的短暂停留后，4月末5月初，这些涉禽（湿地水鸟）旅鸟继续北飞，直至俄罗斯远东地区、蒙古和靠近北极圈的美国阿拉斯加沿海和河口繁殖地，在那里产卵和哺育后代。幼鸟一个月左右就可以飞行，到第一个夏天结束时，几乎所有的幼鸟都聚集在泥滩上觅食以补充能量。它们刚出壳几个月就要加入飞行的队伍中（飞行是它们生来自备的本领），开始艰难的首次迁徙。迁徙行为已经编入它们的基因里，不由自主，命中注定。也有一些强壮的实习鸟，单纯就是飞着玩儿，它们将在中途停留，熟悉地形，积累飞翔经验，这些都将成为之后它们吸引异性的资本。更多的鸟儿会直接返回新西兰越冬地。这些鸻鹬类候鸟最长的寿命可达30岁，当它们步入暮年，再也没有能力完成长距离迁徙时，就会安静地在越冬地度过自己最后的日子。

有一个故事流传很广，讲的是两只白鹳鸟相守十七年的爱情故事。在克罗地亚的小镇，一位老人捡到了一只翅膀被猎枪打伤的白鹳鸟，起名马琳娜。另一只叫作阿克的白鹳鸟，爱上了马琳娜，为了一年仅有四个月的相守，阿克每年都会准时从南非到克罗地亚往返三万两千公里，与马琳娜相会。2017年，阿克没有准时归来，此事引起了巨大轰动，甚至得到了黎巴嫩总统的关注，他承诺会严惩盗猎行为。小镇的人架设了24小时直播摄像头，当阿克伤痕累累出现时，全世界的人都被感动得热泪盈眶，广场上的年轻姑娘立即答应了小伙子的求婚。

殊不知，这只是人类的一厢情愿，人类把自己的道德律和爱情观强加于鸟类，又群体性陷入自我感动中不能自拔。须知，迁徙是候鸟的天性，它们坚定地听从古老的呼唤，内心只有对自然的虔诚遵从，对趋利避害的本能追求。一切为了生存，为了繁衍后代，为了延续基因，这是所有候鸟的共识。遵从常识吧，让鸟类的归鸟类，让人类的归人类。

斑尾塍鹬 E7

现在，我要讲一只神鸟。它的名字叫斑尾塍鹬 E7。我们就叫它 E7 吧。

在新西兰冰封季降临前，斑尾塍鹬便已做好长途迁徙的准备工作。最初，人们并不知道斑尾塍鹬是如何迁徙的。美国阿拉斯加科学研究中心的鸟类学家罗伯特·吉尔在 2005 年推测斑尾塍鹬可能在太平洋上空从来没有停歇过。新西兰米兰达水鸟中心在 2007 年 9 月以一只代号为 "E7" 的斑尾塍鹬，确认了此种鸟类可以一次飞行就横穿太平洋的事实。

小白给了我一本他和同事一起拍摄整理的图册——丹东鸭绿江口湿地常见鸻鹬类水鸟。图册有照片有说明。2007 年秋季，鸟类学家给这只斑尾塍鹬成鸟佩戴了卫星定位跟踪装置（GPS）。

说明上写着，这只斑尾塍鹬属于 Menzbieri 亚种，越冬地在澳大利亚西北。E7 直嘴，嘴比尾长。腰背上有白色叉。

"看，这就是斑尾塍鹬 E7。E7 这个号码就是这只斑尾塍鹬的身份证。"

当北半球的冬天结束时，E7 正在滩涂上努力地吃着食物，快速增肥，为北迁做着准备。E7 并不知晓自己已身处楚门的世界（参看电影《楚门的世界》），成为一出流调剧的主演。科研人员只要打开自己的手机，就能精准定位它的行踪。3 月 17 日，脚缚黄色旗标（澳大利亚西北环志）的 E7 从新西兰出发，开启了自己史诗般的悲壮之旅。它不吃不喝不睡，从大洋洲沿着西太平洋的边缘，连续不停地扇动翅膀八个昼夜，一直飞到黄海的北部边缘以及朝鲜半岛，24 日最终到达鸭绿江口湿地，全程 10300 公里。平均一天一夜要飞差不多 1300 公里。鸟类学家后来的研究表明，它在途中唯一的休息方式是每次关闭半个大脑的功能，以便在飞行中睡觉，这是它能熬过八九天旅程的原因所在。

刚刚抵达丹东的 E7，消耗了所有的力气，疲累至极，以致连翅膀都无法收拢，只能在泥滩里打滚，虚弱地捕食，它的体重骤降至出发时的一半。鸭绿江口湿地敞开母亲般的怀抱，给了 E7 最暖心的营养疗愈。作为这些"不拿护照的国际旅行者"北迁最佳以及最后的停歇地，鸭绿江口湿地"达则兼济天下"，近些年变成了实至名归的大粮仓。湿地总面积约 10 万公顷（希望它不再缩小了），是世界上鸟类种群最为集中、最为理想的三大观鸟地之一。泥沙在鸭绿江入海口形成的大片滩涂（由软泥和沙泥构成，不同于沙滩），是大量底栖动物，如虾、蟹、蚌、蛤、螺、蛏子等的乐园，而这些底栖动物是鹬鹬类候鸟的美味佳肴。

慢慢缓过来的 E7 忙于觅食、养膘、休息。一个多月后，5月2日，E7 从丹东再次启程，飞往气候温和舒适的阿拉斯加繁殖地，它又一次连续不停地飞行七个昼夜，于 8 日抵达阿拉斯加。此次行程 6500 公里。在气候宜人的阿拉斯加苔原，E7 完成孵卵育子的任务，从 8 月 30 日到 9 月 7 日，它斜跨太平洋，连续不停地飞行 11700 公里，打破了自己创造的单次飞行纪录，历经八个昼夜，回到新西兰，一场残酷的神话之旅画上了句号。

必须感叹一句，在这样一只有如此强大意志力的鸟儿面前，除了肃然起敬，人类有何自信对其指手画脚呢？

确切的迁徙距离会因种群和个体而异吗？当然。天气、风向、出发地和出发角度等多种因素都会影响斑尾塍鹬飞越太平洋的结果。

你要相信，没有一只候鸟会飞直线。虽道阻且长，亦行而不辍。自 2007 年卫星跟踪 E7 以来，不间断迁徙的飞行最长纪录不止一次被打破。2020 年 9 月底，一只编号为"4BBRW"的成年雄性斑尾塍鹬，从阿拉斯加南部出发，在澳大利亚新南威尔士州着陆。这只不足一斤的小鸟在 6000 米高空不间断地拍打翅膀 239 小时，卫星记录的点对点飞行距离为 12854 公里，创造了新的世界纪录。

不可否认的是，人类对候鸟的认知仍很浅薄。斑尾塍鹬年复一年地回到相同的繁殖地，即使迁徙窗口只有几天时间，也总能在北极圈冻土开始融化的那一刻准时回归。鸟学界仍未搞清楚斑尾塍鹬如何通过划过羽毛的气流预知风暴的来临，如何在飞行途中避免因打瞌睡而坠海身亡？又是如何做到精准锁定迁徙时间，它靠什么导航，才能做到永不迷失航向？

鸟类学有一些理论，有人认为鸟类与人一样，靠视觉来识别，主要依赖识记标志物，老司机们想必会同意这个观点；也有人认为候鸟借助星光和晨光来导航（这个观点要考虑到人造光源会造成严重干扰）；还有人认为凭借地形，大部分迁徙水鸟，沿着海岸线迁徙（我觉得这个观点非常靠谱）；更有人认为靠磁场，科学家通过研究发现，鸟类鼻孔附近的皮肤中聚集着能感知磁场的神经细胞，揭示了地磁对鸟类定向有一定程度的帮助。好像都有道理呀，可都缺少更加严谨的论证。有可能，鸟类的导航手段并不单一和固定。

鸟类学家还发现，除了越冬地和繁殖地，候鸟对栖息地有着极高的忠诚度，并且，离栖息地距离越远，忠诚度越高。栖息地就如同候鸟的第二故乡，无论多久，它们也不会忘记回乡的路。还记得上文提到的大天鹅吧，即使栖息地变了模样，它们仍旧不离不弃。我想起那些远离故土的游子。故乡不论贫穷与否，都永远是他们心上的白月光。在这一点上，大概人鸟同心吧。比如我们的E7，小白说，他连续八年在同一地点、同一区域等到它，E7甚至二三十次出现在同一个池塘。然而，自2015年之后，小白再也没有等到E7。

鸟浪

我召唤你们到湿地来，在3月至4月末，来观摩一下鸻鹬们的日常生活,观摩一场盛大鸟事的开幕。

不信你瞧,它们与你我一样熟知潮汐的节奏和规律,它们的双脚总是紧贴着潮水线,随潮水涨落而或进或退。潮水搅动,上涨,营养物质在水中翻腾,挪宕,它们各就其位,等待觅食的最佳时机。最热闹的时候,我数不清到底有多少只海鸟,几万还是几十万?涨潮时,它们一步步向岸边撤退,秩序井然,不慌不忙,你永远不必担心,它们绝不会发生踩踏事故。直到滩涂完全被潮水淹没,它们才恋恋不舍地飞离海滩。

鸟浪是群鸟让海边人将漫漫冬季化为遥远记忆的一种集体性仪式。斑尾塍鹬是先头部队,数十万只鸻鹬类候鸟紧随其后。港口迎来第一缕晨曦时,盛大的鸟群便沿着潮间带开始觅食,之后,令人叹为观止的画面出现了,铺天盖地的鸟儿们在某种神秘力量的指挥下,忽而如大潮翻涌,忽而如神蛇潜行,眨眼似有万箭齐发,转头便已如巨鹰翱翔。

2022年春天的鸟浪,主要是由斑尾塍鹬、大滨鹬和黑腹滨鹬三个鸟种组成的。4月17日,早晨7点,我们抵达海角路(旧称宝华东路),等待那铺天盖地的鸟群。看潮汐表,当天是大潮,满潮点在8点46分,潮高652厘米,可等了很久,潮水线仍旧像银丝边在远处闪着亮光。鸟儿们如黑色的句号拉成一线,蹲在滩涂上,偶尔飞起几只,又匆忙落下。我们决定驱车前往观鸟园附近。还未到目的地,视线里便出现了遮天蔽日的鸟群,它们正沿着海岸,向着海角路飞奔而去。它们一边飞行,一边变换着队形,有时如一条大鱼,有时像一条游龙,有时像呼啸的龙卷风,有时像轻柔的海浪,天空变成了一个倒过来的海洋,鸟群如游鱼

鸟浪

摆阵,娴熟莫测。我们立即掉转车头,急返海角路。

此时的海角路,众鸟欢腾,鸟浪翻涌。海风和气流像两只会变魔术的手,指挥着庞大的鸻鹬鸟群在天空变换出不同的图案。海上的浪花与天上的鸟浪交叠起伏。以黑腹滨鹬为核心种类的鸟浪分外显眼,它们翅上的白色翼镜在翻飞时发出银色的亮光,像天上所有的星星坠落成群。以斑尾塍鹬为核心的鸟浪则像一团超级巨大的乌云,快速分裂,移动,重组,刚还如一张巨网收紧,眨眼间便如蘑菇云升腾。

"爸爸,快看,多像一条大章鱼啊!"一个坐着轮椅的小男孩惊呼道,"现在变成大海蜇啦!不,大雨伞啦!"小男孩边盯着鸟浪,边不自觉地提着上半身,一双手奋力地挥舞着。鸟浪腾挪跌宕,瞬息万变,每一秒带来的都是陌生的画面和异样的惊喜，令岸边观鸟的人目不暇接。

坐轮椅的小男孩啊，我请求神鸟赐给你飞翔的梦，在每个夜晚。在梦里，你一定会与群鸟为伴，飞过一望无际的海洋。不，不仅仅在梦里。

也许，正如鸟们相信的那样，鸟多力量大。鸟浪究竟有多少秘密？鸟类学家也语焉不详。谁是鸟浪的召集者，谁是指挥者？据我观察，鸟浪总是由一两只领头鸟（多是核心种类）率先领飞，而群鸟跟从。只要一想起变幻莫测的鸟浪，便觉人生是个巨大的修罗场。

鸟浪可否降低被捕食的风险，提高捕食效率？这个问题的答案倒是显而易见的。庞大而无规则的密集阵，聚而不散，足以迷惑捕食者。试想一下，如果一只游隼想要在鸟浪中瞄准某只鸟，确实太难！而个体在群体中安全性有保障，可以有更多时间用来觅食而不是警戒。可鸟多食少，如何划定觅食区域，解决资源竞争？还有，鸟浪移动速度与鸟浪成员数量有无关系？

摄影师们都说，鸟浪规模越大，移动速度越快。还有一个大家可能都会提到的问题，即高度密集的鸟浪如何避免撞鸟事故？我问小白，他看了我一眼，并未回答。

4月末，候鸟陆续离开，海滩恢复平静，湿地不再喧闹，它们都在等待，等待下一个被群鸟唤醒的春天，如同人类一样。

猛禽出没

在我们鸭绿江口湿地，猛禽是个尴尬的角色，尽管它们是自然界的顶级掠食者，但与众多的䴘鹬类候鸟相比，数量稀少，又任性妄为，兼来无影去无踪，故而明显被观鸟者漠视了。那些扛着"长枪短炮"的摄影师，很少捕捉猛禽的身影，即便猛禽偶尔闯入镜头，也像个不和谐的乱入者。你听，它们锋利的翅膀像水果刀划破苍穹，"刺啦，刺啦"，空气仿佛被撕裂了。

游隼

隼是我们湿地标志性的迁徙类猛禽。

小时候，我寄住在山区的姥姥家，那里群山连绵，河清树茂。最高的山峰特征明显，峭壁上有四个工整的大字——"艰苦奋斗"。困在山窝里的孩子们，只能上山下河，斗殴撒野。春寒尚料峭，便爬上悬崖寻映山红，玩累了，大家就坐在山坡上呆呆望天。

就是那时候,一只大鸟突然从云层里蹿出来,随风盘旋降落在我们身右的一棵老橡树上。

"大鸟,快看,大鸟!"

"鸟鹰嘛,有什么大惊小怪的,多的是啊!"

轻描淡写的语气,仿佛在嘲笑我的孤陋寡闻。我扭过头,竟然猝不及防撞上了它的眼神。它圆圆的脑袋被错乱的树枝半遮住,树影深处,一对大而圆的漆黑眼珠,愣愣地凝视着我,我被它呆萌的眼睛和橙黄色的虹膜迷住了,它们与嘴基部的橙黄色构成了一个等腰三角形。它黄色的脚趾和爪子掐紧了一截树枝的脖颈,而它的小嘴又尖又弯,两颊那两撮垂直向下的黑色髭纹(鬟斑)浓厚粗重,耳冉似的,与眼睛和头顶的黑色连成了一个"头盔"。那么新鲜的黄色与它周身肃穆的黑褐、灰白构成了鲜明的对比,使它显得凌厉又娇憨,凶猛又可爱。

它并不怕人,准确地说,并不怕我,这令我觉得奇怪。这次短暂的对视给我留下了深刻印象,使我对鸟类产生了强烈的亲近感和好奇心。从那之后,我果真见过几次这种鸟儿,只不过它们大多形单影只,从不与群鸟为伍,也很少与同类结伴,是一种很骄傲的独行侠呢!可某个时刻,我又禁不住问自己,我真的曾跟一只神鸟对视过吗?抑或我的记忆被重置,细节被篡改?无数次,我幻想着自己能像《神雕侠侣》中的杨过那样,与一只雕兄为伴,动如离弦之箭,绝云气,负青天,何其自由,何其逍遥啊!

多年以后,我才知道山区小孩子们口中的鸟鹰,只是一种模糊的统称，鹰啊，隼啊，鹫啊，鹞啊，鸮啊，压根分不清楚，索性一言以蔽之。而与我对视的猛禽，学名叫作游隼。

有一本反映孔子生平事迹的连环画，叫《孔子圣迹图》，其中一个故事名为"楛矢贯隼"。说孔子周游至陈国（今河南东部），寄于司城贞子家一年余，无所为。一日，有只中箭的隼落到陈愍公的庭院中死了，所中之箭的箭杆是用楛木做的，箭头是用尖石做的，箭长一尺八寸，箭身刻着的文字模糊难辨。陈愍公便派人问孔子，孔子曰："隼来远矣，此肃慎（今东北地区）之矢。"昔武王伐纣，肃慎曾把此楛箭进贡给武王，武王又把楛箭分赐给陈侯。陈愍公派人到府库，果然查到这种箭。

孔子的博学多识自不待言，而我要说的是这个故事的文外之意，即早在春秋时期，人们就知道隼是一种迁徙类鸟种。

游隼有很多非正式的名字，比如大脚鹰、壁架鹰、石鹰、岩鹰、子弹鹰、流浪猎鹰……但这些俗名都比不上"游隼"得我心。"游"的象形义是旗下飘带，是浪迹天涯，是纵横四海，而"隼"字在瑞典作家林西莉的《汉字王国》里，被释义为一只鹰站在木架上。我想起我的少年和青年时期，绵延着那么多奇妙的憧憬，身体里回荡着同一个声音，离开，离开，离开……去陌生的地方，爬陌生的山，喝陌生的酒。如今人到中年，早没有了冲动和莽撞，成了深陷俗世淤泥的抛锚之人，锈迹斑斑。

是的，我可能永远无法想象一只游隼眼睛里的自由。

从荒漠到北极，从大陆到海岛，从山川到河谷，游隼迎风翱翔，它轻盈地掠过云层，飒爽的身姿可以闪现在任何地方。如同英国作家J.A.贝克在《游隼》一书中所写的那样，它们也许看到了我们所看不到，甚至都想象不出的世界。"游隼眼中的大地，仿佛船只驶入港湾时，水手眼中的海岸。航行的尾流在身后逐渐消散，观察天际的地平线从两侧漂流向后。就像一位水手，游隼在一个川流不息、了无牵挂的世界。一个到处都是尾流和倾斜的甲板，沉没的陆地和吞噬一切的海平面的世界。"

刚入 2 月，鸭绿江湿地还没有从沉睡中醒来。野鸭们已早早归来，游隼追随而至，它们可能来自长江以南或更远的南方。数千公里之遥对平均时速 70 公里到 120 公里的游隼来说，不足挂齿。我不知道，一只游隼一生越过了多少座重叠的山峦，多少片雨后的田野，它飞过宽广的河谷、海洋，在高空中俯瞰大地时，有没有生出曲高和寡的孤独之感？作为鸟类食物链的顶端，它无须在群体中寻找安全感，它离群索居，沉默寡言，有足够的资本傲视群鸟，全球一万多种鸟，超过五分之一是它的菜。无论从解剖学结构上，还是从对环境的驾驭度上来讲，它都已进化成了鸟类中的"独孤求败"。

在滨海路，我沿着海岸线西行，寻找游隼的身影。避开熟悉的道路，绕过一片稀稀疏疏的芦苇塘，在我面前出现了一方水泽地，开阔而润泽。几片羽毛被风吹得飘在半空，十几只野鸭蹲在岸边休息。薄雾氤氲，湿气被风裹着，轻轻拍在我的脸上，偶尔有几声野鸭扑腾翅膀的声音，安宁、静谧。我好像迷路了，与这片水泽陷入了同样深深的寂静中。这短暂的迷失是愉悦的，它使我忘记了厚厚的钢筋水泥，忘记了纵横的街道，也忘记了同类的声音。从城市和人群的桎梏中能有片刻逃离，没有车水马龙的喧嚣，做个临时的"追隼之人"，是一种多么难得的清闲和享受啊。

　　海煞气渐渐飘散，水塘里亮起来了。一上午的追寻一无所获。野鸭们挪动着小短腿，争先恐后地向池塘奔去，只有一只绿头鸭不愿起身，磨磨蹭蹭地蹲在那里。从众是鸟类进化出来的保命之智，这只鸭怎么也没想到，与众不同会让它付出生命的代价。我决定顺着水塘继续前行。这时候，一道黑色的鸟影突然从左侧天空进入我的视线，我凝神望去，没错，那的确是一只游隼，看它翱翔时翅膀的形状就能判断出来。它就像一颗猛烈跳动的鲜活心脏，一下子就给天空输入了蓬勃的生气。我的心也跟着狂跳起来。它先是冲入云霄，身体倾斜，与地面形成约45度斜角，速度平滑，不疾不慢，感受在高空与太阳和风融为一体的自由，然后缓缓地下坠，我甚至看到它在空中悬停了一会儿，大概在确定精准目标，尽管猎物就在眼前，但它仍保持了内敛的冷静和优雅的克制，有条不紊地继续着俯冲前的准备动作，它的翅膀继续向一侧倾斜，倾斜，强劲的脚爪张开，闪烁着冷冽的金光。下坠，下坠，狭长的双翅开始收拢，越收越拢，脚爪也越收越紧，它慢慢地调整、翻转，头部收缩，渐渐朝向广袤的大地，它继续旋转、下坠，身体微微后仰，与地面近乎垂直。

　　终于，那辉煌而激动人心的时刻到了，它猛然加快了速度，翅膀像一把利刃，咆哮着劈开空气，它彻底释放，化身一颗出了膛的"空中子弹"，笔直地俯冲下来。

　　天下武功，唯快不破。这最后的一击迅雷不及掩耳，它俯冲时的速度一秒钟超过100米，什么概念呢？以时速来计算的话，赶得上一级方程式赛车，比每小时360公里的高铁还快。

这么说吧，俯冲时的游隼就是一道闪电，是鸟界的"斯图卡"（JU-87俯冲轰炸机），当之无愧的速度之王。而事实上，正如J.A.贝克所言，目睹一只游隼俯冲的那份激动，是无法用数据准确描述的。

蹲着的绿头鸭对即将到来的危险浑然不觉，它甚至来不及反应，就被游隼匕首般锋利的脚爪（堪称空中手术刀）击中了脑袋，刹那间身首分离。对这只不幸的绿头鸭来说，飞来横祸从天而降，自己成了一场大型"空难现场"唯一的受害者，天空一下子被漆黑的大幕遮蔽，风声骤停，涌出的热血模糊了它的眼睛，所有的物体都静止了，所有的声音也都消失了。在这严酷而快速的消失中，它看不见自己的尸身就在几米远的地方，忍着巨大的痛苦倒翻过来，脚爪徒劳地在空气中抓挠了几下，翅膀扑棱着耷拉下来；它也看不见向它逼近的凶狠的眼神、冷酷的利爪。它什么都感觉不到了，感觉不到燃烧的火焰在它的体内游走，感觉不到被切割的脖颈的痉挛，也感觉不到黑色的光穿透了它紧绷的皮肤，那痛苦战栗的灵魂连同最后的恐惧，一起消散了。它，解脱了。

一切归于寂灭。天空了无痕迹，它抹去了一对坚定的翅膀掠过的痕迹。

此时，游隼潇洒落地，大摇大摆地走到它的猎物面前。大多数猛禽进食时并不咀嚼猎物，会将猎物连皮带毛囫囵吞下，然后将骨骼、羽毛等不易消化的残渣结成的食团吐出。而对这只游隼来说，它保持了猛禽中的贵族风范，进食同样按部就班、优雅不苟，就餐仪式丝毫也不潦草。它按住野鸭的双脚，踩在仍然柔软的残骸上,先用嘴一根根拔掉猎物的羽毛,接着将肉撕成小块,头、翅膀、骨架,都被丢弃在一边。这只空中超级杀手胸腔中的火焰渐渐熄灭,狂热的心跳正在平息,它英雄般冷漠四顾,怀着顶级猎手深不可测的孤独。

能使这高傲的鸟儿低下头颅的,只有人类。在迁徙之路上,盗猎者布下了天罗地网。我见过一只游隼被悬挂在两棵树之间的大网缠住的照片,摄影师抓拍了它眼睛的特写,那完全不是我记忆中波澜不惊的眼神。我在它黑色的眼珠里,看见了我小时候驱赶麻雀时,麻雀眼睛里那同样膨胀的恐惧。我也更深刻地理解了贝克对"死亡"和"恐惧"的感悟:"只有在死亡来临的恐惧面前,人类才真正和自然万物融为一体。我说的是身体上的恐惧,为保命而吓出一身冷汗的恐惧。"是的。"学会害怕。理解和分担恐惧,是这世上最强大的纽带。"

躲过盗猎者的捕杀,游隼也并非就能高枕无忧。如果误食中了鼠药的小鸟,游隼也会中毒而死或失去飞翔能力。最令人痛心的是,二战时,英国空军为了保证信鸽的安全,在六年间,大约猎杀了六百只游隼。网上有一篇文章说,美国的游隼曾一度灭绝,直接原因是农药 DDT 的使用。这是一种有机氯杀虫剂,猛禽的猎物吃了带有农药的种子或昆虫,这种有毒的化学物质就会在猛禽的脂肪粒中不断累积,影响了蛋壳中钙质层的形成,导致猛禽的蛋壳变薄,受害者中就有白头海雕和游隼。游隼的蛋壳厚度变得只有原来的五分之一,无法正常调控温度、湿度和氧气,且超薄的蛋壳根本无法承受亲鸟的体重,繁殖无法完成,游隼的数量呈断崖式下降。发现这一现象后,世界各地限制了 DDT 的使用。

再次见到游隼,已是几年之后。3月中旬,与摄影师朋友一同去海角路拍鹬鹆鸟浪。那天,我们见到的是成千上万只黑腹滨鹬,它们黑压压地站在滩涂上休息,远看像一大群假鸟,一动不动。猛然间,群鹬惊起,恐惧像瘟疫一样在海岸边急速扩散,鸟群像一股黑烟冲上半空,转瞬如一条黑色的游龙起伏向前。从双筒望远镜的镜头里,我们发现原来是一只雄性游隼,惊动了黑腹滨鹬群。它从左侧气势汹汹地杀入,急速俯冲至左下角黑腹滨鹬群中,只三两秒钟的工夫,它已如离弦之箭,刺穿我们右上角的空气。

猎杀成功。这只游隼,双翅完全打开,像一柄长刀,腹部的细横纹,是它成年的标志(幼隼腹部是深色的细纵纹),它的脚爪就是一副金色的手铐,牢牢钳住黑腹滨鹬,这可怜的猎物早已昏死过去。此时,极为有趣的一幕出现了,这只勇闯鹬群的游隼开始不停地呼唤情侣,它的叫声短促,急切,尖锐又有点沙哑,仿佛在说:"快来,快来。"在高空盘旋的雌隼应声而至,两只最佳隼友忽上忽下,互相追逐。毫无征兆地,雄隼将爪下的猎物凌空抛给雌隼,雌隼轻松接住,又将猎物抛回去,黑腹滨鹬像一只沙袋,在高空中被丢来丢去。反复几次后,雌隼抓着猎物向远方飞去,它坦然接受了雄隼的殷勤。雄隼则降落到岩石上,边啄食着脚爪上残存的猎物血迹,边依恋地望向情侣飞去的方向,等着饱餐后的雌隼归来。这只游隼的爱情太实在了,它既不像白鹭那样靠繁殖羽吸引对方,也不像野鸭那样,为对方梳理羽毛以博取欢心。它用食物来建立和巩固爱情。爱它,就把好吃的给它，就这么简单。动物专家说，空中抛物行为，通常是游隼为了训练幼隼的捕食能力而采取的训练方式。情侣之间空中交接猎物，我还是第一次见。

不过，这倒符合游隼的个性，它的确是一种随性而为的鸟儿，在哪儿越冬、在哪儿繁殖、在哪儿栖息，有时完全看心情。有的游隼选择在我们鸭绿江口湿地繁殖，毕竟我们这里气候温和，湿地环境还不错，三四月份又是鸻鹬类候鸟归来的高峰期，野鸭也不少，不用为营养发愁。有的游隼在四五月份北半球春季时，会义无反顾地返回西伯利亚繁殖地。游隼拥有长时记忆能力，同一只游隼在不同的年份，会沿着同一路径返回。

可在选择伴侣上，游隼却坚守原则，绝不暧昧。它的铁血柔情只给予自己的伴侣。除非一方不幸罹难，否则，老死不相弃，一隼永相随。它那双巨大的眼睛，在它的意中隼面前，彻底卸去了野蛮和凶残。黑亮的眸子平和、摇曳、羞涩、悠远，像一颗星子嵌在冰凉如水的夜里。

白尾海雕

如果你在天空中看到一只猛禽，"怒而飞，其翼若垂天之云"，那一定不是隼，大概率是鹰或雕。有个主流的分辨手段是看指叉。大部分隼指叉并拢，双翅又直又尖，像两把长匕首。鹰、鹞、雕的指叉明显张开，雕的翅膀和尾羽长而宽阔。

《逍遥游》中的鲲鹏最切近我脑海中雕的形象。"水击三千里，抟扶摇而上者九万里"，入水为鲲，出水为鹏。2018 年，我们鸭绿江某段流域罕见地出现了迁徙而来的白尾海雕，想象中的鲲鹏就这样猝不及防地有了形象化的参照物，怎不令人兴奋？白尾海雕又被称为灰海鹰（与灰鹰不是一种鸟，灰鹰是白尾鹞的别名），是湿地依赖性鸟类，喜欢单飞，迁徙路径随意性较大。它们的越冬区域，南至东南沿海，北到辽东半岛。每年 10 月到 11 月，它们会从西伯利亚等北极地区飞回到南方沿海地区，来年 3 月到 4 月，飞回辽东半岛。三四月是它们最可能出现在我们这里的时段。五六月份，它们也许会迁往北极苔原地带，那里杳无人迹，繁殖安全。

3 月初的一个清晨，我们早早来到虎山长城鸭绿江下游一段。刚下过一场小雪，夜晚的寒气还未消散，晨光像涂了油彩的面具，神秘而鲜艳。远处的江水浸染了红色的光，像遥远而缥缈的沙滩，近处的江水晃动着细碎的光影，不动声色。一些冰排还未来得及消融，守着各不相同的棱角，在寒风中默契地保持着冷酷的姿势。六七只野鸭一个接一个，慢悠悠地向东游去。

鸟运实在太好了。我们一下子拍到了七只白尾海雕。猛禽在野外是十分警觉的，即便离人百米，它们也会觉得不安全。我们虽然离得很远，但也不敢轻举妄动。相比我们这里的鸻鹬类候鸟大军，猛禽既罕见，又很难捕捉，野保专家想给它们做环志几乎不可能。不知是天气变暖的缘故还是猛禽们的耐寒能力有了增强，或者两者兼而有之，专家们也搞不准突然出现在鸭绿江边的白尾海雕是从西伯利亚迁徙而来的冬候鸟还是从长江中下游的两湖（洞庭湖、鄱阳湖）迁徙而来的夏候鸟。

先定格一下它们的雕姿：最左边的一对蹲在一处窃窃私语，

也许是在讨论天气吧！中间的五只，三前两后，后面那对扑拉着翅膀，不知道是站得不舒服还是想用肢体语言表达什么，它们并没有想飞的意思。前面的三只应该是一家三口，雄性（雄雕的体型明显小于雌雕）已半拉开翅膀飞离冰面，却悬停在低空，低头瞅着面前的伴侣，而伴侣仰着头，不知跟它交代着什么，大概告诉它今天想吃什么之类的吧！小白尾海雕——我确定它还是一只亚成鸟——站在离父母几尺远的冰排的冰尖上，它体羽偏黑褐色（成年白尾海雕的体羽多黄褐色），嘴前部还是黑色（成年白尾海雕的嘴前部是黄色的），楔形尾也还不是纯白色的。它背对着那几只成年白尾海雕，一动不动地望着江面，不知在想些什么。

终于，一家三口中的雄性白尾海雕准备率先一展身手了。它先是贴着江面低翔了一小圈，算是侦察江形。白尾海雕飞起来真是太帅了，它的头羽疏朗，不羁不驯，一双大翅膀甫一伸展开，天空就像有了骨骼和筋脉，立时站起来了，而江水，近水楼台先得月，它只管用猎物诱惑着白尾海雕就好了。我凝视着白尾海雕那楔形的短尾羽，扇子一样打开，像一片白光，追随着那对大翅膀，忽明忽暗，忽上忽下。看着它，谁能抑制住想飞的冲动呢？这只白尾海雕转回到起飞的冰凌边，似乎是呼唤同伴。野鸭们终于警觉了，海鸥和大雁也惊惧不已，空气中满是躁动的因子。如果说游隼是天空之王，那么，此时的白尾海雕，就是鸭绿江上的"王"，是众水之王。

站在冰排上观望它捕食的另外几只白尾海雕，纷纷起身，它们拥有同样宽大的翅膀，同样楔子形的纯白短尾，同样锋利的嘴巴和同样尖利的脚爪。尤其值得一提的是它们的两条大毛腿，就像是穿了两条黑色的阔腿裤，远远望去，真的就像长了翅膀的人。细碎的雪粉被它们宽大的翅膀扇起，在低空中转了一圈又落在它们黑色的翅羽上，给雕们的外貌增加了一点可爱的因素。不管怎么说，一种"山雨欲来风满楼"的紧张又压迫的气氛还是逐渐弥漫开来。左边窃窃私语的那对白尾海雕好像话不投机，它俩在离开地面不到一米的距离一正一背对峙起来，它们"怒发冲冠"，脖颈前倾，伸展开的宽大翅膀相交，形成了一个直径两三米的圆形闭环，翅羽根根挺直，蓄势待发。温情不见了，两只雕紧盯着对方，互不相让。另外四只雕对这个剑拔弩张的内讧场面视而不见，各自离去。挪动了几下位置后，正对我的那只雄雕仿佛有些委屈，可能觉得"好雄不跟雌斗"，它率先扭过头去，收敛了一下翅膀，转身向江心飞去。

　　我的目光重新追随到最先飞起的那只白尾海雕。此时的它仍然围着江心旋飞，身体一会儿向这边倾斜，一会儿向另一边倾斜，像飞机飞行时那样。当然，它的翅膀和尾巴远比飞机的机翼灵活，它虽然不像游隼那样，经常做高难度倒立动作，但它转动的角度还是可以做到随心所欲。你见过翼装飞行吗？有时候，我恍惚觉得它就是一个翼飞人，却拥有人类所无法比拟的意志和眼界，而翼飞人则是把自己伪装成大鸟，体会短暂而虚假的自由。飞了一阵儿后，它悬停在半空中，翅膀停止了扇动，观望了几秒钟，我猜它可能选中了猎物，白尾海雕能在半空中看到水底的鱼类，视力肯定非人类可比。紧接着它发力向江面扑去，扑扇开的翅膀约有两三米长，阔大无比，近乎贴着江面，大脚爪像铁钩子一样迅疾探进江里，复抬起，翅膀飞离江面，显然，它扑了个空。它没有停歇,继续绕江心旋飞,不一会儿又贴近了江面,再一次探出脚爪。猛禽的脚爪与它们的捕食能力息息相关。白尾海雕的两只巨大脚爪,给它提供了可靠的握力,可以长时间掐住树枝站在树上,也可以长时间紧紧地抓住猎物,带着猎物翱翔。

这次它的双翅几乎完全扑拉在江水里,我听到了江水被拍疼发出的呻吟声。我盯着它的脚爪,空无一物,依旧没有捕食成功。这只白尾海雕对自己的屡次失手丝毫不在意,既不急躁,也不愤怒,它在江水表面大幅拍打着翅膀,水花吓得四散逃命。它完全不在乎江水打湿翅膀,也许它的翅膀具备防水功能吧,不然,它拖着沾了水的翅膀,怎么可能飞得动呢?这时的它,双翅半张,翅骨隆起,呈 V 字形,一双脚爪在江面像松鼠一样跳跃着快速向前,渐渐地脚爪飞离江面,它又飞了起来。这种起飞过程像极了飞机起飞前的滑翔。不,应该说,飞机在机翼制造和飞行原理等方面都借鉴了白尾海雕吧?飞了一会儿后,它在冰凌上停了下来,也许是需要调整一下心情。

我转头搜寻另外几只白尾海雕,发现有一对在鸭群的头上来回盘旋,有两只落在江心岛的树枝上,静静地观望着江面。而那只白尾海雕亚成鸟和它的母亲则飞到了对岸朝鲜一侧的岸边,与我一样观望它们家的顶梁柱抓捕猎物。同伴是鸟类专家,他说白尾海雕捕猎非常有耐性,有时会静静观望一个小时以上,目的是让猎物完全忘记它的存在。让猎物忘记自己的存在,这对于时时需要以存在感来宣示优势的人类来说,实在是个智慧的提醒。我们常常以金钱、以名利、以美貌来强化自己的存在感,可又往往事与愿违,甚至连原本拥有的也丢失了。

收回目光，我看到这只白尾海雕已第三次冲向江面，这次，它的大脚爪更加果断凶狠，一击即中。须臾之间，一条大鱼像一块皮肤，被海雕的利爪从江水中撕了下来，随着海雕的双翅一同飞了起来。这条大鱼怎么也没有想到，它人生中第一次也是最后一次在空中飞行，竟是如此绝望和恐慌。它在白尾海雕的利爪下不住地颤抖，徒劳地挣扎，渐渐流光了最后一滴血。

一雕扼着一鱼向着朝鲜江岸边飞去，这只白尾海雕要去岸边和家人享受它的美食。大约半小时后，那对闹别扭的情侣也双双飞向了朝鲜一侧，雄雕的眼神清澈又坚定，饱含自信。它的爪下是一只野鸭，食物足以表达歉意，两雕显然已经和好如初，准备一起饱餐一顿。野鸭的脖子几乎全被扭断了，流出的血已经凝固，它闭着眼，被钳在半空中，耷拉成两截，看似柔软的身体早已经没了气息。

不知何时，这一段江岸安上了高高的铁丝网，据说是为了防止对岸偷渡。我们再也没能在这里见到白尾海雕。

前几日，朋友发给我他在吉林龙山湖拍到的三只白尾海雕，视频中，一只白尾海雕亚成鸟正在撕咬一块肉，一对成年白尾海雕站在一边守护。猝不及防，一只虎头海雕俯冲下来，抢走了亚成鸟爪下的肉。虎头海雕在猛禽中最好认，黑白分明。它与白尾海雕一样，有着黄色的大厚嘴和纯白色的楔形尾羽，但它的纯白部分很多，大毛腿是白色的，腰部、翼缘、尾下覆羽也都是纯白色，其余体羽为黑色。白尾海雕亚成鸟可能没见过这阵仗，后退两步，呆立着。两只成年白尾海雕追上来，刚扑腾两下翅膀，准备自卫还击，不料三只虎头海雕从不同方向俯冲下来，白尾海雕果断放弃了搏斗。哈哈，白尾海雕也有认栽的时候！虽然这几只白尾海雕很像我见过的那几只，但猛禽经过几次换羽后，羽毛、嘴部、脚爪的颜色都会有一些变化，很难确认。

小时候，我喜欢读瑞典女作家塞尔玛·拉格洛夫的童话《尼尔斯骑鹅旅行记》。一个叫尼尔斯的小男孩骑在家鹅马丁的脖子上，和一群大雁一起，在斯堪的纳维亚上空盘旋，遍览了气象万千的地理地貌、文化古迹、动植物以及少数民族的风俗习惯，让人心里别提多羡慕了。正如泰戈尔的诗句表达的那样，"鸟儿愿为一朵云，云儿愿为一只鸟儿"，未知的世界永远有致命的诱惑力。最近在看法国纪录片《地中海》，正巧有一集拍摄的主角之一是白尾海雕。专家希望观众能像白尾海雕一样翱翔天际。在训练员的协助下，一台全景摄像机被巧妙地固定在白尾海雕的背上。全景摄像机是一种革命性的工具，它为每个人都曾有过的"坐在鸟背上飞行"的梦想提供了惊人的可能性。就像儿时的梦想变成了现实，观众与白尾海雕一起飞翔在圣托里尼上空。可打动我的，并不是如仙境般的神秘山谷，也不是天空一般辽阔的大海，而是一只白尾海雕的孤独。

伴侣对白尾海雕来说十分重要。与游隼一样，如果没有意外，它们一生只有一个伴侣。白尾海雕的寿命很长，通常可以活到二三十岁，如果它们有幸不出意外的话。片中的两只白尾海雕二十年前相识于爱琴海，它们结为伴侣，一起面对生活的挑战，从来没有分离过。正当它们准备繁育后代时，一个意外的不幸将它俩的生活搅得天翻地覆。雌性白尾海雕又长又大的双翼撞上了高压线，两只翅膀触碰了两根电缆，当场殒命。高压线对大型猛禽来说是致命的威胁。它们引以为傲的翼展在遇到高压线时变成了致命的弱点。

我的朋友小黄曾在猛禽救助中心做过志愿者，他主要是帮助专家给猛禽做康复性野化训练。几年前他们救助过一只被高压线电伤的白尾海雕，后被起名为"巍鹏8号"。当时它胸脯的皮已磨没了，露出了鲜红的血肉，翅膀也伤痕累累，有的脚爪已磨得失去了捕食能力。专家为它做了伤口缝合手术，但它野性太强了，缝合的伤口屡次被撕开。为避免白尾海雕产生应激反应，他们决定尽快放飞它。机缘巧合，有一只白尾海雕误食中了毒的野鸭，二次中毒而死。专家将死去的雕的利爪嫁接给了"巍鹏8号"，并在放飞前给它绑上了太阳能微型跟踪器，用以监测它在大自然中的生存状态，进行科学研究。"巍鹏8号"变成了一只环志鸟。志愿者们可以在手机上追踪它的位置、体温、温度等信息。可三年后，被放飞的"巍鹏8号"在飞往它的越冬地时却失踪了，原来它遇到了猎捕者，背部受伤，跟踪器破碎了。好在救援者搜寻到了它，它得到了及时救助，重新获得了自由。

"刺啦"的触电声和雌性白尾海雕的尖叫声将我的思绪拉回到纪录片中，异样的声音同时传到了不远处的雄性白尾海雕耳中。它吃惊地转过头，飞速地赶到已坠地的伴侣面前。起初，它不理解发生了什么，或许，它以为同伴只是睡着了。它寸步不离地守在伴侣身边，直到傍晚来临。夕阳西下，疲惫至极的白尾海雕回到山谷，它呆站在海边，周身被一层又一层虚假迷乱的艳色包围着。它的眼神迷茫又绝望，无助又惊惶。鸟生的不确定性和对未来的焦虑，几乎吞噬了这位雕兄。相伴二十年后，它突然意识到从此它将是孤单一雕,失去伴侣的巨大痛苦瞬间淹没了它。望着空无一鸟的大海,它落寞的身影像一个迟暮之人。它无法承受这种孤独,生活进入了失控状态,它开始在海洋上空飞翔,不吃不喝,凄厉地鸣叫,它必须寻找新的伴侣,然而,失望伴随着它,它连同类的叫声都听不见。它只好飞向更远的地方,一刻不停。

虽然我清楚地知道,对白尾海雕和游隼类猛禽来说,所谓"愿得一鸟心,白首不相离"的神话,与人类编织的忠贞和爱情毫无关系,成双成对地生活,只是一种本能驱使,可这只白尾海雕眼神中的巨大孤独,还是像针一样刺痛了我,在它的眼睛中,我分明看到了人类自己。

长耳鸮

如果你发现带耳羽的猛禽,就要先考虑耳鸮。

我还记得第一次见到长耳鸮的情景。那是4月的一天下午,我们在鸭绿江口湿地看"鸟浪",海风有点不耐烦,呼来喝去,并裹挟着寒气直钻到每一个缝隙,拍鸟的人疲惫了,扛着"长枪短炮"散去,隼和白尾鹞也不见踪影,众鸟终于得到了安宁,海滩隐匿在渐渐浓郁的暮霭之中,远处的灯火一点点淹没了夕阳微弱的瞳孔,绚烂的紫红色岛屿逐渐褪色,黑色像一张大网,逐渐收拢,似有敌意。鸟鸣声寸寸生长。

一只长耳鸮突然从岸边的草丛中蹿出,影子一样,一点声音也没有。它飞跑到海滩边的岩石上,停下,看着我,圆圆的大脸盘仿佛圆规画上去的,眼圈橙红,像是哭了一整个白天,长睫毛扑闪着,如同无辜的婴儿,长长的耳簇像兔子的耳朵,随着风抖来抖去。它愁容满面,却又眼神凶狠。很长很长的时间,它就站在岩石上,一动不动,可真是配得上"长耳木兔"的俗名啊!天空呼吐出几颗冷冽而寂寥的星子,陪着长耳鸮,聆听着这压倒一切的寂静,我们一起深深地凝望着这片被夜幕笼罩着的海滩。

有一处湿地只有我知道,那里就像俄国作家来哈伊尔·普里什文笔下的"鸟儿不惊的地方"。顺着东港开发区西海岸一直向东走,再拐向某个不便告知的方向,有一片乱草丛生的空旷荒地,枣树、梧桐、银杏、柏树以及叫不上名字的杂树胡乱地生长着,那里正是长耳鸮、短耳鸮的领地,有几只白尾鹞也常在那里出没。迁徙的记忆已被它们从身体里彻底删除,它们全都忘记了自己候鸟的身份,一年四季留在我们这边,变成了名副其实的留鸟。

依赖这块荒地的耳鸮,寡言、沉默,就像一位隐者一样,活在一个与世无争、了无欲望的世界里,如同这片荒地本身。它们吃些什么呢?它们是如何捕食的?它们的幼雏是什么样子的?好多疑问一股脑向我涌来。有一阵,每到周末,我都会溜达到这里来观察一番,仔细搜寻每一棵树、每一丛灌木,不放过空寂的半空中的每一道弧度,后来才发现,这不过是在做无用功。白天的耳鸮几乎跟树长在了一块儿,差不多成了树的一部分凸起。它们大部分时间一动不动,干什么呢?消食,睡觉。观察一只长时间睡觉的猫头鹰,那可真够无聊的。实际上,这样的情境之下,有另一种意味,朦胧的、怀旧的伤感意味,落叶有熟悉的老味道，树木像远方的亲人，令我反反复复地回忆那些晦暗又明亮的旧时光。

老辈人把耳鸮叫作夜猫子、猫头鹰。有很多关于它的俗语，"不怕夜猫子叫，就怕夜猫子笑""夜猫子进宅，无事不来"，猫头鹰被描绘得巫性十足，邪气熏天，充满了神秘性。我八九岁的时候，跟表兄弟们一起去山上撸树种喂猪，贪玩啊，天黑了才想起来下山，走到半山腰时，就听到了几只猫头鹰的叫声，啊，那真是应了小说中的描写，"风高忽闻怪鸱号，月黑不见杀人刀"，除了急促的三音节叫声"咕咕咕""喵喵喵"，还有一种声音好像不停唤着某人的名字，叫魂一般。最令人汗毛直竖的，是一种带着颤音的鸣叫，似笑非笑，似哭非哭。若干年后看《射雕英雄传》，一听到梅超风的笑声，就条件反射般地想起那个声音。只记得我越听越怕，后来就哭了起来。我表哥虽只比我大2岁，但觉悟高，小小年纪已显露出当领导的潜质，他对我说，哭有什么用，我们得想办法对付它。太爷告诉我，夜猫子要勾人魂魄的话，肯定要先数清楚你的眉毛有多少根，如果数错了就勾不走魂魄，人就没事了。对表哥的话，我们当然深信不疑啊。说做就做，表哥带着我跟表弟，每人手里抓一把土，往土里不断吐口水，然后将土涂抹在眉毛上，这样眉毛就乱七八糟粘在一起了。你们能想象吗？我们就那样一路吐着口水，不断在眉毛上抹着土，口干舌燥，满手污秽，却个个笃定，夜猫子一定是数不清楚了，不然，我们怎么能安然无恙地回到家里呢？

不得不说，这片荒地真是耳鸮的桃花源。一则这里杂树成林，白天易藏身。虽说长耳鸮也是猛禽，但几乎所有的猛禽都不把它放在眼里。长耳鸮的爪子只能威胁它们的猎物。再则这里地处远郊，几无人迹，适合繁殖，且这里有耳鸮爱吃的鼠类、鸟类。

　　有一次，我看到五只长耳鸮蹲在同一棵老柏树的不同侧枝上。最右边的那只，睁只眼闭只眼，仿佛是个不尽职的值班鸮。白天的长耳鸮，简直就是个憨憨，看起来又懒又怂。至于战斗力，那更是渣得"爆表"。临近黄昏时，我远远听到荒地的另一侧传来一阵喜鹊异样的叫声，急促、混乱而亢奋，走过去一看，一群喜鹊，有二三十只，正在围攻一只长耳鸮，尽管长耳鸮瞪着双眼，毛发和耳簇都竖起来，做出一副很猛、很凶恶的样子，但没有过硬的武功，难敌群鹊，它扑棱着翅膀，跌跌撞撞，飞飞停停，混战中，羽毛被啄掉了好几根，枯叶一样散落在四周。我赶紧找了一根木棍，轰走了喜鹊。鸮兄，你咋忘了，你不是凡鸟啊！你这也太不把自己当猛禽了。

　　说起来，这只长耳鸮算是咎由自取。很快我就发现，喜鹊攻击它理由充足。长耳鸮懒啊，好好的树洞不去找，趁喜鹊不在家，直接钻到人家的巢里，树可忍，鹊不可忍，回巢的喜鹊即便怒不可遏，势单力薄的它也打不过长耳鸮，只能放弃自己的家，另找一棵树筑巢。可君子报仇，十年不晚啊，遇到喜鹊群的长耳鸮，被群殴也算是它夺占喜鹊家园遭到的报应了。

　　3月末的一天，按照相同的路径，我再次进入这片荒野。记住，永远不要鬼鬼祟祟，试图隐藏，也不要张牙舞爪。忘记自己作为人类的所有优越感，用惯常的沉稳步伐，穿过树木和荒草，把自己当作一块移动的石头、一棵树或者随便什么鸟类，让住在这里的一切生物看清你，接纳你。而你，必须学会理解它们的恐惧，必须反复默诵贝克的这句话，"你现在就必须感受到一支箭砰地射入一棵树时那份强烈的战栗"。是的，现在。

在天黑之前半个小时左右，我终于看到了一对刚从睡梦中醒来的长耳鸮。从体形和羽色看，这是一对伴侣。世界上的猛禽分为两大类，一类是昼行性猛禽，比如我们前文提到的隼和鹰。一类是夜行性猛禽，比如长耳鸮、短耳鸮。没错，耳鸮与其他的猫头鹰一样，昼伏夜出。

长日将尽，黄昏来临。这对长耳鸮并排蹲在一棵高大杨树的侧枝上，见到我，视若无睹，将大脸盘转来转去，我第一次见到一只鸟可以将头轻松旋转360度（也许是270度），长耳鸮有事没事喜欢做扭脖子运动，可能是为了促进血液循环吧！在飞出去觅食之前，长耳鸮要先做一些准备活动，比如做伸展运动，排便、吐食丸……轻装上阵，才能更快捕食成功。

长耳鸮不仅能做到眼观六路，更神奇的是，长耳鸮还能耳听八方。专家说长耳鸮真正的耳朵，并不是那两只竖起来的长耳簇，而是在耳羽基部，它的两只耳朵不对称，使得它拥有敏锐的听力，能更准确地定位声音来源，那独具立体感的大圆脸盘，呈现放射状，能聚拢声波，还能在一定范围内放大声音，帮助长耳鸮更准地定位猎物。真令人难以置信啊。

这是一对进入恋爱期的长耳鸮。我没有看到求偶过程，也错过了它们的繁殖期，不知道雄长耳鸮是如何获得对方芳心的，是展示自己的美翅，还是给雌鸟梳理羽毛？不过，4月末，我见到了它们的两只宝宝。

两只幼鸟站在一棵柳树的侧干上，乳毛灰白色，毛茸茸的，没有耳簇，圆圆的眼睛像小猎犬一样湿漉漉、毛嘟嘟的，一只成年长耳鸮（应该是妈妈）在距离它们不到100米的地方守护着它们。5月中旬，这两只幼鸟褪去了白色的乳毛，羽色变深，翅羽变得有力，还长出了两个小耳簇，像小女孩扎起来的发髻，它们换到了一棵梧桐树上，父母带着它们不断练习飞行。为了适应夜间捕食，长耳鸮进化出了独特的翼形翅膀，飞行时羽毛自带"消音器"，无论是展翼还是低空滑翔，几乎都悄无声息。幼鸟成长得很快，飞行能力渐渐增强。6月的时候，耳簇变长，它们又换了新的巢穴。7月，两只小长耳鸮外表已跟成鸟无异，它们已经可以熟练地扑翼，一双翅膀扑扇起来，组成一个心形。

时间久了，我发现了快速找到长耳鸮的方法。你只要在哪棵树下发现长耳鸮的粪便和食丸，就会在哪棵树上发现长耳鸮。它们对栖息的树，甚至是某一根侧枝，怀着故土般的深情，不管它在漆黑的夜晚飞出去多远捕食，太阳升起时，你都会在同一棵树的同一个位置上找到它。

如果你见过风雪中的长耳鸮，你就再也舍不得忘记它。

1月，晦日。新雪纷纷扬扬，覆盖着平坦的野地，树下的雪已积寸余，在风中闪着冷冽的微光，而傍晚的空气反变得绵软无力，喜鹊和乌鸦不知藏到哪儿去了，小鸟们集体进入梦乡了吗？荒野寂静无声，虚寥而紧绷，像那些为应付考试而熬夜苦学的日子。所有的树都脱光了叶子，是寒冷让它们沉默了吧？我沿着熟悉的小路向荒野的西边走去。雪大起来了，不是那种白絮样轻飘飘的大雪，是细碎的灰蒙蒙的小雪粒。落了雪的树枝率先进入了迷糊的梦游状态，这片荒地已不再是我熟悉的样子，它可能也不再记得我，但那又有什么关系呢？靴子踩在新雪上的嘎吱声，像极了友人欢快的敲门声。我不停地走，一直走到白昼终于被一场雪扑灭了，而荒野失去了边界，隐身于雪雾之中。

就在这时，我发现了一只长耳鸮，就在我正前方，孤零零地，站在一根摇摇晃晃的弱枝上，看起来跟鸽子一样小，它身后是一片荒草地，草茎空荡荡地在风雪里耷拉着脑袋。这只长耳鸮也许是第一次见到下雪，它转着脖子扭来扭去，东张西望，似乎要搞清楚究竟发生了什么。雪花密集地落在它的头上和身体上，它慌慌张张，不停地用嘴去啄翅下和胸前的羽毛。草枝太细了，长耳鸮怎么也站不稳，被风吹得东倒西歪。它可能一点鸟生经验都没有，竟不知要选择一根粗壮点的树枝立足。恐惧让这只长耳鸮并未久留，它嘎嘎叫了两声，展翅向远处飞走了。和其他鸟类一样，长耳鸮害怕所有不可预测的事物。当然，人类也是如此。

我的一位旅居国外的朋友，前几天给我发了一个长耳鸮繁殖的视频。她的朋友有一天偶然发现，自己家的天台上出现了两个鸟蛋，好奇心让她安装了监控摄像头，想记录一下生命孕育的奇妙过程，却不承想，差点被现实残酷的自然生存法则给整抑郁了。夜幕降临，一只长耳鸮出现在镜头里，它小心翼翼来到两个蛋旁蹲下，开始孕育宝宝，不出意外的话，在宝宝破壳之前，鸟妈妈是不会离巢的。不久后，长耳鸮爸爸带着食物回来了，它要负责长耳鸮妈妈整个孵化期的营养供给。把捕来的老鼠交给伴侣后，它一刻也不停留，扇动翅膀再次飞进夜幕中。连续几天，它都会及时地把捕到的猎物送到鸟妈妈嘴边。

十三天后，意外发生了，鸟爸爸一天一夜没有回家。第十四天，鸟爸爸仍旧没有回来，而天台上的喜鹊对巢里的鸦蛋虎视眈眈，鸟妈妈不敢移动身体。第十五天，鸟妈妈已经饿得抬不起头了，它只能一遍又一遍绝望地对着空气悲鸣，可它的悲鸣得不到任何回应。第十六天，奄奄一息的鸟妈妈几乎要绝望了，它再也无心孵蛋，站在平台的栏杆上眺望远方。可熟悉的身影始终不曾出现，夜幕降临时，饥肠辘辘的它终于决定自己出去捕猎。夜深了，鸟妈妈带回了一只老鼠，可空荡荡的屋檐下依旧没有鸟爸爸的身影。

第十七天，趁它不在，喜鹊偷袭了它的巢。回到家的鸟妈妈发现其中一只鸟蛋已被吃空了，便叼起破损的鸟蛋从十五楼扔了下去。它缓缓地坐在剩下的那只蛋上，留下了仅存的体温。片刻后，鸟妈妈回头看了一眼孤单的鸟蛋，终于鼓起勇气离开了。不可思议的是，三天后，长耳鸮妈妈竟然回来了，尾随着的，还有多日不见的鸟爸爸。令人惊奇的一幕发生了，鸟妈妈又生下了一枚蛋，夫妻俩继续孕育后代。不久后，小长耳鸮破壳而出，毛茸茸的，超级可爱。

这个视频看得我忧心忡忡。每次打开窗，望向对面高楼的阳台，我都在想，会不会有一只长耳鸮，在某个钢筋水泥的角落里悄悄地筑巢呢？有时，我也会莫名担心，担心某一天，那片荒野变成了干净而面貌模糊的公园，树木整齐，鸟语花香。只是，再也看不见长耳鸮瞪着无辜的大眼睛，一动不动地蹲在树枝上。

据我所知，我们这个地区的猛禽种类不多，我见过的大型猛禽有游隼、红隼、白尾鹞、白尾海雕、长耳鸮、短耳鸮，小型猛禽有松雀鹰、日本松雀鹰、伯劳。每当我在晚风中听到鸟儿的鸣叫时,就会更加感受到生命的颤动,就会想起《月亮与篝火》里的一句话:"让小动物们活着吧,它们已经为冬天受苦了。"

流浪的鸟巢

> 所有的鸟儿都是流浪的。而我,观察过流浪的鸟巢。
>
> ——题记

我有位年轻的朋友,曾寄情于飞鸟,做过一首五言近体诗,诗曰:"筑巢高枝上,勤舒体与肢。常做冲天想,不坠青云志。"

我无法评判这诗写得怎样,原因大抵是,换作我写,应该也会这么写。

其实,有时候静心想一想,从文化习惯来说,又何止是我会这样写呢?作为一个有着几千年农耕传统和文明的国度里的子民,在自己的内心,飞鸟与它安居的意象无非如此。无论是贾岛写的"夏木鸟巢边,终南岭色鲜",还是窦巩写的"高梧叶尽鸟巢空,洛水潺湲夕照中"之类的名诗,也无论是"良禽择木而栖",还是"喜鹊登枝"之类的俗语,随着岁月的叠加,"鸟类居高而栖",不知是大自然驯养了我们对于天空和仰望的文化想象,还是我们的想象固化了被遮蔽的大自然?

我想说的是,诚然,几乎绝大多数的飞鸟,是将自己的巢筑于林间、树上或高岩,而有一种飞鸟,它们的巢却居于水面、滩涂或地面的低洼处。它们教会你低头与沉思。

它们是海鸟,或水鸟。

它们属于海洋,或江湖。

1

我所居住的地点,是鸭绿江流向黄海的入海口。大片无垠的湿地与水,在我目力所及的范围内,像是巨幅堆积了无数厚重颜料的油画,水鸟是行走其中的无数的笔。在这些鸟类中,数量最多的是鸻鹬类,羽色以黑灰褐为主,朴素斑驳,但正是这种黯淡不张扬的保护色,赋予它们终生的安全感。每年5月到7月,是鸭绿江口湿地的鸟儿们筑巢繁殖的时期。整个5月,我都在各处零散的湿地中寻找没有跟随大部队北迁的落单鸟儿。曾经有两次,我在苇塘里迷失了方向,不得不寻找高一点的地方,以便更好地观察这些水鸟如何选址筑巢。

6月初的一天,和风暖洋洋的,我从大东港西路进入临港区,沿着大东沟向入海口方向逡巡,与我寸步不离的只有一架很老的双筒望远镜。道路左侧是大小不一的池子,那是清理海航道时回填形成的废址所遗,有的填满沙石、贝壳、蛎子壳,成了高地;有的四围长满芦苇,成了浅水湾;还有的被碱蓬草占据,成了滩涂。最西边靠近黄海的池子，面积有一两万平方米，一半是细沙土，一半是浅水湾。芦苇、荻草和碱蓬草东一头西一簇，流浪者一般。苍耳是沙土地上的王者，它扑棱着阔大的叶片，旁若无人（苍耳的刺球粘在裤脚上是小时候挥之不去的噩梦）。更嚣张的是一种叫风滚草（别名俄罗斯刺沙蓬或俄罗斯刺蓟）的灌木，远远望去似一堆干草（缺水时会将根从土里收起来），风一吹就到处滚动，落地生枝，生命力顽强到不可思议。这浅水和裸地的错落交杂处，成为鸟儿们的筑巢佳地。鸟儿们经过长期观察，也确认了这一点。我要告诉你的是，你很难在其他天然的场所发现如此密集的鸟巢。单是数量上，就让人大开眼界，至少有上千个鸟巢。出于种种原因放弃飞往北极繁殖地的蛎鹬、环颈鸻、黑嘴鸥、金眶鸻、反嘴鹬、黑翅长脚鹬以及普通燕鸥、白额燕鸥等水鸟，都在这里选到了适宜的筑巢地。

作为飞鸟，它们在最接近地面处来筑巢。

黑嘴鸥将巢选在裸露的沙土上，靠近稀疏、低矮的苇丛或碱蓬草。它的巢简单粗糙。外围用张牙舞爪的树枝划定领地，内巢的材料也不讲究，形状随意，以干芦苇、细灌木枝为主，能铺上一点软干草便算是精装修了。这种巢当然不能称之为艺术品，但它需要的是实用而非炫技，更非享受。

梭罗在《瓦尔登湖》里讲："虽然天空中的飞鸟都有鸟巢，狐狸都有洞穴，原始人都有屋棚，而在摩登的文明社会中，却只有半数家庭拥有房子……"但是梭罗似乎也忘记了一点，鸟儿们在日常生活中，其实是没有安居之所的，它们是统统流浪的，它们的巢，也不是为安居和享受而建的，它们只是为孵化鸟卵和培育后代生命才建这个临时场所的。

更何况,人类在建筑房屋时,远远偏离了"居住"的初衷,换"外壳"如同禽鸟换羽毛一样频繁,房间唯恐不够铺排宽大,无用而奢靡的装饰唯恐不够多,将自己拘囿于墙壁围出的密闭空间,浑然忘记了天空的色彩,也不再抬头看月亮,再也无法像鸟类一样旅居在大自然里,过着朴素、淡泊而坚定的生活。从客厅到原野的距离,变得遥不可及。

那些日子,我的嗓子突然失了声,很怕与人交流,最喜欢的事便是每天来这里转悠,偷偷观察鸟儿们的生活。有一对黑嘴鸥将巢建在一丛碱蓬草旁边,雌鸟产下了三枚黄绿色带斑点的梨形卵。雄鸟和雌鸟轮流孵卵、交替觅食(男人在女人孕育过程中却几乎无所作为)。在这一点上,雄黑嘴鸥是男人们的表率。当

黑嘴鸥雨中孵卵

一只鸟在巢内孵化时,它的伴侣会在早晨和傍晚出去觅食,其余的时间都在巢周围巡飞和守护,保护着配偶和未出生的子女。正午时分,我惊讶地发现孵卵的亲鸟时不时地抬起身体,让阳光亲密地亲吻鸟蛋。后来读书渐多,才知道这叫"晒卵"。早晚温度低时,亲鸟则会"抱孵"——身体不离鸟卵,保证温度。每隔半小时或一小时左右,亲鸟便会用喙来翻动它的卵,保证鸟卵受热均匀,顺便调整巢内树枝,让自己的窝更舒适稳固。

黑翅长脚鹬、蛎鹬、反嘴鹬、金眶鸻、环颈鸻等鸻鹬类大抵以类似的方式筑巢。金眶鸻首选草本丰茂、昆虫较多的水边营巢。它的巢是一个简单的浅盘状凹坑,巢材往往就地取料——细短的草茎、泥土块、蜗牛壳、贝类的壳片等。黑翅长脚鹬喜欢在靠近水边植被密度大、种类多的高地,用芦苇或干草圈起一个碗

金眶鸻将卵产在路边

状的巢,巢外用小石子和贝壳类碎屑铺围,以应对雨季的到来。

鸟儿们机警又充满智慧,是大自然中天生的测量师、工程师和建筑师。无论它们的巢是简洁大方还是精致复杂,也无论是用喙筑巢还是用爪筑巢,都是为了一个共同的目的——保护自己和子女的安全,延续基因。它们选巢址注重先决条件,既不盲目敷衍,也不做事倍功半的徒劳之举。几乎所有的巢都选择在偏僻之处,且大多因势就形,又兼顾暴雨淹巢和外来骚扰等潜在危险。当然,评判失误时有发生,轻则历尽防御之苦,重则饱受丧子之痛。

2

我曾在另一处规模较小的湿地,远距离俯视和观察过地面上两个黑翅长脚鹬的巢。没有一只鸟儿会像人类一样,认为房子应与自身的气质相匹配。从外形来看,黑翅长脚鹬算作鸟类中的长腿超模,端庄优雅,超凡脱俗。但它们的巢朴素简单,其中一个位于地势较高的土堆上,也不过几尺高而已——那是我见过的距离地面最高的黑翅长脚鹬的巢了。另一个巢紧贴水面。每个巢里分别有四枚卵。这对鸟父母用了一丛香蒲筑巢,并用水草和残荷茎把巢绑定在香蒲的粗根上,防止它移动,就如同将一叶浮舟拴上了一根铁锚。大约一周前,我在此地恰好看到两只黑翅长脚鹬"踩蛋"(鸟类交配的俗称)的过程。雌长脚鹬在它的情郎身边高高地撅起屁股,娇羞地伸长脖子,像一名摆拍的模特一样,一动不动。雄长脚鹬激动得眼球鼓起,大长腿绕着雌鸟慢悠悠地

黑翅长脚鹬踩蛋

转圈,仿佛在欣赏心上鸟的美态,长喙时而插入水里清洗几下,时而梳理一下背部的羽毛,突然,它一跃而起,踩在雌鸟背上,黑色的翅膀打开笼住雌鸟的身体,又迅疾收拢。踩蛋结束,两只鸟儿紧贴在一起,步伐一致地散了会儿步,我以为它俩还会有亲昵的后续动作,谁知两只鸟儿像避嫌一样,竟扭头分别觅食去了。

6月中旬的一天,后半夜开始的暴雨到清晨仍未停歇。早晨6点多钟,我站在坝上瞭望,发现地面相对矮处的巢,已淹没在水中,四只卵只有一只隐约可见,其他的大概被雨水冲走了,亲鸟已弃巢而去。高巢也灌了水,四只卵若隐若现,奇怪的是,亲鸟也不在。傍晚,雨终于停了,我再次见到了那个幸存的鸟巢。它像一条漏底的船沉在浅水里,在黄昏中投下一道模糊不定的阴影,四只卵完整无缺。幸运的是,我发现了两只亲鸟。

20世纪70年代，海城发生了大地震，我们的小城也受到地震波的冲击，余震不断。我家那时住在山脚下一间很老的草房子里，父母不敢让我和弟弟冒任何风险，我爸到农村拉了一车茅草，在大院中央搭建了一个简易防震棚。我记得那是很冷的天气，又下了冬雨，防震棚四下漏风，我妈怕我和弟弟冻坏手脚，把她的被子加盖在我俩身上，自己整夜坐在我俩身边。白天，她一个人回到老房子睡觉，我爸怎么劝她，她也不听。当我自己也成了母亲，我更加理解了她。"哀哀父母，生我劬劳……欲报之德，昊天罔极。"

鸟父母也不例外。此时，我有充足的时间观察这对亲鸟的举动，它们一刻不停地用喙叼着树枝、苇棍、水草、苔藓，熟练地填充到危巢里。显而易见，这对黑翅长脚鹬并不打算放弃自己的巢和卵。第二天，雨水退却，阳光像巧克力蛋糕一样香甜，我注意到高巢如雨后新出生的植物，生机勃勃。救巢成功的黑翅长脚鹬稳稳地将四枚卵笼在翅下。

3

在沿海大道另一处零散的小块湿地，有一对白额燕鸥和环颈鸻夫妻比邻而居。白额燕鸥在沙砾地挖个十公分深左右的小坑作为自己的巢，巢内没有任何铺垫，甚至连一根干草、一片枯叶都没有。雌鸟到了排卵期，顾不得产房寒碜，着急地产下了三枚卵。白额燕鸥则将小石块和螺壳、蚬壳、贝壳等胡乱地堆在一起，像小孩子堆过的积木一样，直接将四枚卵排在上面。它的毛

白额燕鸥的巢

色、卵的颜色都完美地与周围的颜色融为一体,很难被发现,这是迷惑天敌的一种手段。这天然的优势使得它在筑巢技术方面几乎毫无成长。如此惊人简陋的裸巢,不免让人担心,在这样恶劣的孵化环境下,鸟卵如何抵挡烈日的炙烤和暴雨的淋泡?

有一天,下午开始卷起了大风,我照例去"望巢",发现白额燕鸥的巢里多出了一枚卵,仔细一看,原来是一枚环颈鸻的卵被大风吹到了白额燕鸥的巢里。环颈鸻和白额燕鸥的鸟卵大小差不多,环颈鸻的卵比白额燕鸥的颜色稍深,斑点略多。即便鸟卵在颜色和大小上区别显著,白额燕鸥也没有能力发觉。

一只喜鹊盯上了环颈鸻的巢。顺便说一句,喜鹊在我们这边,几乎要跟麻雀一样多了。喜鹊绝对是被低估的高级建筑师,我们仰望它的巢,看似只是一堆粗树枝,杂乱无章。我妈常说,喜鹊老鸹（乌鸦）打旺枝。我们这边常见的杨树、柳树、柞树、榆树等高大乔木的高枝上都可见到喜鹊的巢。它筑巢的过程可以用一系列的动词归纳：编、抹、挤、踏。它在树梢附近三根较粗的树杈上筑巢，外巢粗糙，以杨树、槐树、柳树的枝条交错编搭，挤压密实，或卵形或碗状，它知晓三角形稳定原理，是数学高手。内巢可一点不含糊，构造精细而复杂。它先用垂柳的柔梢编成一个半球形的"内胆"，套在外巢里面，再衔来细草和软泥混合在一起，用脚爪涂抹在"内胆"上（它还是个瓦匠），再在底部铺上芦花、棉絮、软草、兽毛、绒羽、毛发等柔软物，用脚爪踩踏严实，你以为这就大功告成了？不，喜鹊的繁殖期在冬春交季时，春寒料峭，时有雨雪，为遮风挡雪，喜鹊会在巢顶搭一根柳木横梁，加盖一个"顶棚"，在巢的侧面开一个进出的窄门，窄门的高度和朝向（避开北向）都经过精心的考量。有的喜鹊还会在同一棵树上修筑一两个"伪巢"（只有树枝搭建的外巢），欺骗鹰类等天敌。喜鹊通常在年底便开始筑巢，筑巢期长达两到四个月。

在筑巢方面，林鸟无疑更胜一筹。我们湿地水边有一种常见的小鸟，是我见过的湿地鸟类中最小的鸟，名叫中华攀雀，成年鸟身长只有10厘米上下，体重只有10克左右，比麻雀还要小好多。它眼周横覆着一条黑褐色的眼罩，特征非常明显。留意一下靠近水泽的槐树、柳树或杨树，在离地面两米左右的细枝上，偶尔会发现它的巢。在闻水河边，一棵槐树正值花期，白色的花朵像一串串风铃，花串紧贴着的一根细软的侧枝上，一只雄攀雀正在唱着歌筑巢。雄中华攀雀是最热爱建筑的鸟儿，一筑巢就亢奋不已,它每次回来都叼着一嘴毛,巢材既非树枝,也非软泥,而是树皮纤维、羊毛、蒲绒和杨絮、柳絮等絮状物。它利用自己高超的攀缘技巧,像杂技运动员那样腾挪旋转,将絮状纤维一圈一圈缠裹在树枝上,这是悬巢的支撑处。然后开始"翻单杠"运动,将丝丝缕缕的纤维拉扯、扩展,缠绕成一个纵向的圆环,再由圆环向内编织成半球形的囊状巢,编好后的巢像一个精密的小提篮,又像一个别致的小葫芦。微风吹来,小巢秋千般飘来荡去。中华攀雀还会在巢上加"房盖",在巢顶端侧面延伸出一个椭圆形的出口。巢长约15厘米、宽约9厘米、深约10厘米。中华攀雀是名副其实的鸟类建筑师,它的巢是我见过最美的鸟巢,堪称登峰造极的艺术品,令人叹为观止。修好新房的雄鸟唱起求爱歌,雌鸟闻声而至,围着爱巢东啄啄西看看,喜悦之情溢于言

中华攀雀筑巢

表。小情侣对爱巢做完最后的检修，雌鸟才能进巢产卵。

在芦苇丛中过着隐居生活的大苇莺，也是营建悬巢的高手。它在离水面一米多高的两根芦苇茎之间安营扎寨，苇茎、苇叶、苇穗、水草以及干枯的植物根茎是大苇莺的主要筑巢材料。编织好的巢如杯状，悬挂在两三根芦苇之间。大苇莺是尽人皆知的巢寄生案例"杜鹃与苇莺"的苦主之一。它与白额燕鸥一样，无法识别寄生卵。

说回我们的雌环颈鸻。喜鹊既然与中华攀雀、苇莺等一样，是筑巢高手、华屋堂主，它何以盯上了环颈鸻那么简陋可笑的巢呢？原来，它盯上的是环颈鸻的蛋卵。环颈鸻觅食返回时，发现了虎视眈眈的喜鹊，它立即戏精附体，将身体趴在地上，仿佛身受重伤，双腿一瘸一拐，匍匐前进，双翅卖力地在地面扑腾，制

环颈鸻的巢

造出声响，以转移喜鹊的注意力。这番操作可谓行云流水一气呵成，给它颁个奥斯卡影后都不为过。在鸻鹬类的种种护巢行为中，"拟伤"是常见的一种，蛎鹬、黑翅长脚鹬、金眶鸻等都能运用自如。

果然，喜鹊被这"伤鸟"吸引，追着它飞了一小段。可很快，喜鹊便识破了它的调虎离山之计，转身奔向环颈鸻巢中的蛋卵，张开大嘴，叼起一颗蛋卵就迅速离开。可能也是出于紧张，这颗蛋卵没有叼稳，啪的一声掉进水塘摔碎了，喜鹊立即返回，再次叼走了一枚蛋卵。

环颈鸻的巢里只剩下了最后一枚蛋卵。环颈鸻本就谨小慎微，现在更加疑神疑鬼了，我注意到，它现在每次离巢归来，都要四顾观察一番，"唧唧"短叫几声，确认安全后才放心地蹲在那唯一的蛋卵上。

白额燕鸥的孵化之路也并不顺利。没有任何遮蔽的鸟卵在高温下容易坏死，白额燕鸥每隔半小时或一小时，就要飞到附近的水塘里打湿腹部羽毛，然后飞回巢中给鸟卵降温，夫妻俩轮番上阵，无缝对接。夜幕降临，孵卵的鸟儿们也不敢有半分松懈，它们要时时提防着周围那些偷食鸟蛋的敌人。在长达22天的孵卵期中，白额燕鸥还要应对疯狂暴雨的考验。

如果你没有见过暴雨中孵卵的鸟儿，你就永远不会真正了解一只鸟儿。尽管"威武不能屈"从来不会用在鸟儿身上，但没有比这句话更适合一只孵卵期的鸟儿了。碎石样坚硬的雨滴不停地砸在这只体重仅有50多克的白额燕鸥身上，它浑然不觉，大颗的雨珠挂在它纯白的胸前，像无数碎钻戳出的伤痕。雨水蒙住了它的眼睛，它只得不停地甩头。有时，它张开翅膀，让雨水顺着灰白色的外翎流淌下来，尽量让内层的绒毛保持松软干燥，把蛋卵聚集在内绒毛里。雨水越积越多，淹没了它的腹部，四只蛋卵完全泡在水里了。对即将到来的危险，它完全不在乎了，也感觉不到痛苦，只凭着一股天然的母性坚持着。三个小时以后，雨终于停了。这种震撼的场面，就我的文学记忆而言，似乎还不曾有过类似描述，缪尔的《林中风暴》过于温润和抒情，而华盛顿·欧文的《暴风雨》虽然凝重而惊心，但他们都不曾写到过鸟儿们的暴雨。

6月24日，白额燕鸥的第三只卵（被动寄生卵）孵出幼雏，那是环颈鸻的后代。25日，白额燕鸥最后一枚亲卵孵化成功。早在22日，环颈鸻亲孵的那枚卵已顶着残余的蛋壳见到了第一缕阳光。鸟儿孵出后，亲鸟立即将蛋壳叼至远离鸟巢处抛弃，这么做会减少天敌关注的目光。

在大洋河湿地，也有一群白额燕鸥和环颈鸻在那里成群混居筑巢。它们的巢因相距很近，二者常有摩擦和斗殴。有一对白额燕鸥刚筑好巢，就引来了环颈鸻的觊觎。环颈鸻张开翅膀，发动进攻，试图抢占人家的房屋，白额燕鸥则张大嘴巴，目光盯牢对方，脖子随着环颈鸻的身影转动，寸步不让。环颈鸻没占到便宜，嘴里叽叽咕咕，绕着白额燕鸥的巢低飞了几圈，无奈离去。筑巢期间发生抢巢大战并不稀奇，但在同一区域，争夺已孵化出幼雏的鸟巢，则罕见。

一对环颈鸻已孵化出一只幼鸟，它身下还有两枚卵正待出壳。在这千钧一发之际，遭到了一对白额燕鸥的侵略。这对白额燕鸥的两只幼雏,在三天前被隐身在苇塘里的貉吃掉了,此后连续两天,白额燕鸥在旧巢附近徘徊不去,哀鸣寻子,其声悲戚。此刻,内心被悲愤和绝望压倒的白额燕鸥,变得异常凶猛,一只白额燕鸥急速拍打翅膀,目露凶光,额上的毛都要竖起来了,它负责主攻,另外一只扑棱着翅膀,前后跳跃,喊着口号助攻,正在孵卵的环颈鸻见大事不妙,孤身一鸟无力招架,犹豫片刻,弃巢而去。

4

我曾试图守护过一对蛎鹬的巢。在宝华西路的小芦苇丛中,有一块不大的沙石地,周围被附近居民开垦成了菜地,种了一些小葱、韭菜。去年6月末,在相对高一点的地方,我发现蛎鹬用脚刨出了一个简单的巢,是一个约两三厘米深的浅坑,里面垫了点干草茎、贝壳以及扁圆的小石头。蛎鹬不顾这块荒地离大路很近,果断地产下了四枚卵,它的卵鸭蛋大小,灰黄色带有黑色斑点。离蛎鹬的巢不到三米的地方,还有一个环颈鸻的巢,里面同样是四枚卵。这里的环境糟透了,只有稀疏的狗尾草可略作遮掩,附近不时有拖拉机翻地发出的噪声,我担心拖拉机会掀翻鸟儿们的巢,不厌其烦地见人就叮嘱。这样恶劣的生境使我忧心忡忡,一天至少要去看两三遍才安心。在忐忑不安中盯了20余天,不巧,我要去大连开会,计算了一下,蛎鹬和环颈鸻的幼雏很可能就在这一两天内出壳。我便找了一名鸟友帮忙去照看一下。中午时,鸟友汇报说,环颈鸻已孵出了一只幼雏。下午4点多钟,

蛎鹬筑巢

我返回家来不及休息,便和鸟友一起迫不及待地奔向这两只巢。

当时的心情真的无法描述。蛎鹬的巢完全散了,一颗蛋卵都没有了,只有两只亲鸟在周边无助地打转,悲鸣。环颈鸻巢里一样空空如也,亲鸟、幼雏和还未孵出的鸟卵全都不见了。我们俩徒劳地四处寻找,一无所获。打听在菜地里忙碌的人,说有一辆红色的轿车,停在附近,两个姑娘在巢周围转了几圈,可能是她们拿走了鸟蛋。我俩马上联系了交警,可惜的是,那条路没有监控。

我们小时候,常常吃不饱。男孩子们最大的乐事便是掏鸟蛋、烤麻雀。在竖立的竹筐上系一根长布条,筐下撒点玉米,麻雀若进筐觅食,人一拉绳子就扣住它了。麻雀的巢多选择在房檐下或排风口、保温层破损口等犄角旮旯,安全系数太低,自然首当其冲。喜鹊巢太高，又有约定俗成的偏爱，没人掏喜鹊的巢。我爸说，那年代，麻雀都快绝迹了。物资充裕的当下，人类捡拾鸟蛋，大多是一种百无聊赖的好奇之举，或纯粹是一种恶作剧。

韩国导演金基德有一部电影《春夏秋冬又一春》，影片中发生在春天里的罪恶和救赎令人过目难忘。湖水之中的一座孤寺，老僧小僧相依为命。小僧顽劣，将石头绑在小鱼、小蛇和青蛙身上戏弄、取乐。老僧见后，将石头绑在小僧后背，让他承受同样的痛苦，令他觉悟到万物平等。在这个世界里，人类该扮演怎样的角色？

5

鸟儿繁殖阶段，面临很多不确定的危险因素。"十巢九覆"是常态。在大东港湿地，最大的威胁来自野狗。大东港湿地里野狗、豹猫到处流窜，大约有一半的鸟卵成了野狗的腹中食，而在大洋河及大孤山苇塘湿地，鸟类繁殖期的最大受益者则是黄鼬和貉。

几年前，为了吸引黑翅长脚鹬繁殖，一些爱鸟人在大东港的一处闲置地人为堆建了一处孵化地，有几十对黑翅长脚鹬在那里筑巢孵卵。然而空旷的巢址，缺少植物遮蔽，动物很容易进入。爱鸟人在远离巢穴的地方设置了红外相机。没想到，相机拍到了残忍的一幕。一条黑色的野狗闯入了繁殖基地，大摇大摆地寻着鸟卵，几十个正在繁殖的鸟巢面临灭顶之灾。黑翅长脚鹬成鸟奋起反抗，它们一面高声尖叫，一面拼命拍打翅膀，在野狗周围发起集体空袭,打算将野狗赶出领地,人类如何保卫自己的家园,鸟儿们就如何保卫自己的巢。可野狗低着头,闷声不响,对黑翅长脚鹬的无效声讨置若罔闻,一巢接一巢吃着鸟卵。有一只刚出生的幼雏正在巢边闲逛,也被野狗一口咬住了头。此事让爱鸟人内疚良久,护鸟之路其实不仅需要热情,更需要专业指导。

鸭绿江口湿地富饶的潮间带吸引了大批鸻鹬类鸟儿在此休养生息。可数十万迁徙而来的鸻鹬类候鸟,给临港滩涂养殖户带来了巨大的损失。乌泱泱的鸻鹬类鸟儿飞到养殖滩涂觅食贝类,到鱼塘和虾池中吃鱼吞虾。对这些国家保护鸟类,他们不敢使用网捕、电击、毒饵等违法手段,便买了大量鞭炮恐吓,有的养殖户还用无人机驱赶。时间长了,到养殖地觅食的鸟儿对鞭炮和无人机的恐惧也消失了,养殖户无计可施。

在城郊的一大块荒地,有小片尚未被开发填占的原生芦苇丛和树丛,2021年的一天,野保站的小白和同事探寻过这里。在一棵槐树的树根处,他们发现了两个沾有血迹和动物毛的兽夹,拆掉兽夹后,他们在这棵树附近安装了红外相机。一年来,拍到最多的动物种类是豹猫、黄鼬和貉。豹猫是领地意识最强的动物之一,成年雄性在相机上撒尿,标记它的所有权。黄鼬就是众所周知的黄鼠狼,草垛下、堤岸洞穴、墓地、乱石堆、树洞都是它的藏身之地。貉即狸,是夜间出没的杂食性动物。此外,相机还捕捉到獐(鹿类)、远东刺猬的身影。獐是一种湿地类型的兽,外形像麋,但无角,主要沿着水系分布。豹猫、獐和貉都是国家二级保护动物,相机也拍到过兽夹之下幸存的动物,比如断腿的豹猫。

豹猫可以一跃而起，轻松捕猎低空飞行的小鸟。别看它平时闲逛时慢慢悠悠，一旦捕猎时，身手迅捷而凶猛。当它猎捕海鸥时，简直像跨栏运动员一样矫健。豹猫和黄鼬对附近村庄饲养的家禽构成了最大威胁。"老爹老娘每年就养着几只家禽，从孵卵时期就开始照顾，一夜之间就没了。"我看见有人在小白的短视频下留言。这片树丛的远处背景便是村庄的点点灯火。动物就生活在人类身边，互相交融、碰撞、冲突，动物与动物、动物与人类在互相磨砺中认识到现实的多面性。

除了黑翅长脚鹬，在水中筑巢的鸟儿，我们湿地最常见的是小䴙䴘。野水鸡也在水里筑巢，但我没有见过。此外，天鹅、雁、燕鸥、潜鸟等不少水鸟都会在水面筑巢。

去年4月，在安康大池子，我发现了十几只小䴙䴘。5月初，其中有一对将巢建在几根水中芦苇之间，隐蔽而安全。雌雄一同衔来水草堆积在一处，以一根较为粗壮的苇茎为固定点，可以随着水位上下浮动。巢里没有羽毛、絮类或干草等铺垫物，与我们印象中熟悉的鸟巢不同，它们的巢实在太不像巢了，就像是随便纠缠在水中的一丛枯草。雌䴙䴘产下六枚卵，双亲轮流孵卵。卵几乎是半泡在水里的状态，不知道小䴙䴘是如何保持鸟卵的温度的。遇到惊扰时，小䴙䴘会迅速用杂草将卵覆盖隐蔽，然后迅速撤离。这是鸻鹬类鸟儿不会使用的遮掩大法。

大天鹅在3月初就已从朝鲜半岛飞临大洋河和合隆水库，也有的从鄱阳湖和洞庭湖或黄河三角洲一路北上而来，我们这里只是它们迁徙之路上的一个停歇站，用来休息和觅食。3月20日左右，它们便会继续北上，到蒙古高原或俄罗斯贝加尔湖等繁殖地生养后代。留在我们这边繁殖的大天鹅数量极少,没有繁殖成功的先例。它们的繁殖期在35天左右。不同于䴘䴘类鸟儿,天鹅在巢址选择上十分苛刻,它们选择在距离岸边较远的浅水中筑巢,水位要稳定,水流要平缓,周围还要有高秆沼生植物。最重要的一点是,人类、兽类不容易到达。天鹅用干树枝、干树叶、杂草等筑巢,巢基和外巢的树枝较粗,巢中间是小树枝、树叶、细干草、羽毛。通常雄天鹅寻找、收集和搬运巢材,雌天鹅负责搭建。孵卵时,也是分工合作,一只负责孵卵,一只负责警戒。近几年,我连一只天鹅的巢都没有发现。

6

在我所居住地点的附近,鸭绿江入海口的时光的更深处,是著名的甲午海战古战场。历史的集体无意识对地理概念最切近的笼罩似乎随风流散。飞鸟们那么美,但我想起了写过《灶鸟》的弗罗斯特的那首诗:

> 然后到来的是外面称之为秋的另一场凋落。
> 他说路上的尘土遮天蔽日。
> 这鸟儿会停止歌唱,像其他鸟儿一样,
> 但只有它在歌唱中学会了不再歌唱。
> 它不用言语,却提出了包罗一切的问题:
> 如何去对待事物的衰退。

我想起了那一天，我目睹的飞鸟及鸟巢的情景。

7月初，湿地鸟儿进入孵化末期。一天上午，我和同伴在堤坝上观察上千个鸟巢密布的滩涂外围。阳光像长了细刺，扎人的眼。大部分的雏鸟已经出壳，千鸟群居，熙熙攘攘，亲鸟们忙着捕食，喂养儿女。幼鸟们左摇右晃，叽叽喳喳。同伴将一个微型运动相机偷偷放在一丛碱蓬草里，那里正对着黑嘴鸥的巢。自动相机充足了电，可以连续录像四个小时以上，同伴又在相机上外挂了一个充电宝。

傍晚，我俩登上大坝一望，一下子蒙住了，差点以为走错了路。滩涂外围的大池子三分之一已经被水淹没。你可以想象我们看到此景时的震惊。小鸟蜷缩在巢中无法移动，它们还没有学会飞翔，大部分连爬还不会。亲鸟急切地扇动翅膀，不停地呼喊，试图要叼走幼雏，可又做不到。有一小部分巢还未被水淹，我俩赶紧捧起幼雏，放在高处，可我们很快发现，亲鸟完全不去寻找人类拿走的幼雏，人工干预属于无效救助。水位继续上涨，我们终于发现，不知什么原因，池子出现个大口子，海水发了疯一样灌了进来，淹没滩涂外围。鸟儿们或惊慌失措地鸣叫，或失去方向地胡飞乱撞，还有的亲鸟完全被眼前的景象吓傻了，既不惊叫也不飞动，像被定住了穴位一样呆呆站立。还未孵化出的鸟卵不必说了，不知道被海水冲到哪里去了，最不幸的是那些刚出壳的幼鸟，在海水中挣扎、翻滚，一会儿工夫就没了声息。半小时不到，池子完全被海水淹没了，上千个鸟巢全军覆没。

这一幕，我永远不会忘记。

几乎所有动物都居有定所，而只有鸟儿属于流浪；几乎所有鸟儿的巢居都在高处,而只有水鸟的巢居临近水面,从而连巢居也是流浪的。

我曾无数次笨笨地想,海鸟们既然有飞翔的本领,它们为什么不像其他鸟类一样,将巢筑在山间或高处呢?最次,也是建在渔岛渔村的寻常巷陌的屋檐之下?

后来我明白了,鸟儿们对于繁衍后代生命的最先验的责任准则就是,就近获取食物,而不首先是地理安全,更不是享受。而海鸟们为了活着,并且一直在活着。

它们离不开海面。

从这个意义来讲,海鸟们属于海洋。

醒来的芦苇塘……

1

就我们这边的气候而言,春天是从2月末开始的。风一吹,去岁的老芦苇倒伏于地,新苇芽齐刷刷地冒出头来,噼啪作响,穴居在芦苇滩或芦苇丛里的嘟噜蟹(南方沿海叫螃蜞或蟛蜞的)探头探脑地在洞口张望。海边人知道,芦苇塘已经从冬眠中彻底醒来。

嘟噜蟹主要以鲜嫩的芦苇根茎汁液和腐殖质为食,幼蟹只有指甲大小,成年壳长也不过寸余,却有与身体其他部位极不协调的两只大鳌,铁钳子一般,可以轻易折断芦苇的嫩芽。白天它们不轻易出洞,提防着自己的天敌。天一擦黑,便会小心翼翼出来进食。蟹类是独行客,从不拉帮结派。

每到4月,我就跟着我爸去河滩照蟹。我们穿着水鞋,戴着旧白线手套,我爸把几条废轮胎用铁丝捆紧,淋上点汽油,做成火把。我是没资格拿火把的,我负责抓蟹。嘟噜蟹怕光,光束打到它身上,它立即就像被点了穴位,动弹不得。只要我爸火把一指,说"抓",我便立即弯腰,用大拇指和食指捏住蟹背两端,丢到水桶里。如果不讲捏法,被蟹钳夹到手,甩都甩不掉。河堤两岸到处是照嘟噜蟹的人,一束束光明明灭灭,忽远忽近,游龙一般,绵延不断。一会儿工夫,我爸手里的水桶就装满了。回到家,我俩的脸被轮胎的黑烟熏得乌黑,鼻子里一股烧焦的橡胶味。嘟噜蟹可炒可炸可生腌,味道别具一格。六七月份,芦苇老了,蟹钳无法折断芦苇,嘟噜蟹就会寻找其他东西果腹,吃不到嫩苇芽汁的嘟噜蟹会有一股土腥气,也就没人吃它了。

二十世纪七八十年代,我所居住的小城,被大片大片望不到边际的芦苇塘所环绕。芦苇面积大约在六七千公顷。尤其是大洋河两岸,芦苇长得任性而恣肆,青纱帐一般,一直延伸到天边,几天几夜也走不到头。

在这广袤无垠的芦苇塘里,其实,嘟噜蟹只是个门童的角色,每年春天,它只是负责掀开了芦苇塘苏醒的一角。重要的角色,自然是鸟类。

其中,就有苇莺。

2

苇莺的外貌着实太普通了,棕褐色的背羽显得土里土气,如果和秋天的芦苇混在一起,很难辨认。嘴巴也没有新鲜的亮色点缀,连最丑的野鸡的毛色和花纹都比它好看。苇莺以多为贱,个头小又飞得促急，引不起摄鸟人的兴趣，我和同伴也很少拍它。但就其生机盎然、口齿伶俐以及高超的营巢能力而言，它无疑是活跃于北方芦苇塘环境中的鸟类佼佼者。

三四月，鸻鹬类鸟儿已在鸭绿江湿地掀起铺天盖地的鸟浪，而苇莺们还跋涉在迁徙的路上。5月，苇叶舒展成半截长短，大街小巷漾着苇叶的清香，你会猛然惊觉，耳朵不知何时已被鸟声灌满了。主唱当然是苇莺。我们这边最常见的是大苇莺（鸭绿江口湿地发现有世界珍稀鸟类斑背大苇莺）。大苇莺个头比麻雀稍大一点点，尾巴就比麻雀长多了，而苇茎已足够柔韧，恰可承担它小小的重量。它可以稳稳地站在苇茎或蒲棒草上，骄傲地亮起歌喉。那些野鸭子、白骨顶鸡、鸻鹬类鸟儿，体形比苇莺大，在苇秆上完全站不住脚，更没有在苇茎间筑巢的能力，自然也就无法在芦苇塘内部安家落户。它们会在周边的灌木丛、草丛、石堆、土坎处寻找相对平坦和隐蔽的地方砌巢。

鸻鹬类鸟儿举止稳重，不随意亮嗓，自带优雅派头。而苇莺在繁殖期是典型的话唠，比较聒噪，不挑听众。苇莺常常隐匿于苇丛中鸣唱，偶尔也会跃到苇丛上方，喜欢在较高的芦苇枝头鸣叫。叫声较为响亮，但较为沙哑枯燥，有时像水田地里的青蛙，"嘎，嘎，嘎"，似乎腹部运着一股气，不吐不快；有时则是急促的"吉，吉，吉"，像鸡雏斗嘴，搬弄是非。故此，我们当地人都把苇莺叫作嘎吉。冬季，仅间歇性鸣叫，发出沙哑的喘息似的单音。还有一种很聪明的苇莺，像一个天生的歌王，会模仿其他鸟类的声音，有时抑扬顿挫，有时铿锵奔放，时而简约，时而委婉，嘹亮又抒情，欢快又有耐性，像绵绵细雨，直将苇叶从鲜翠的浅绿洗成沉郁的深绿。

苇莺到来不久，芦苇的叶子就变得宽厚而润泽，端午节恰在这个时节。我妈会在我上学时递给我一个布袋，喊一句，放学打一把苇叶回来。我妈说的一把，就是让我自己掂量着多少的意思。苇叶太多了，小的、窄的我都瞧不上，专打那些又大又宽的。只一会儿，布袋子就撑起来了。我妈包粽子的时候，会一边捋着煮得油亮的苇叶，一边夸赞说，多好的苇叶啊。粽子总是连夜包好，第二天早晨四五点钟，我妈就开始盖上大锅，烧起木柴，一直要煮到左邻右舍都闻到了粽子的香气。那是木柴香煮出的糯米混合着苇叶独有的香气。粽子是一定要分给邻居品尝的，每家每户都是如此。这些年我到过很多地方，尝过各种各样的粽子，芭蕉叶包的、箬竹叶包的、柊叶包的、箬叶包的、粽粑叶包的、槲叶包的……我一直偏执地认为，只有我们这里苇叶包的粽子才叫作粽子，吃起来也最香甜。现在，很少有人打苇叶了，我有一阵子不知道到哪里能打到又宽又亮的苇叶。

苇莺总是会找到芦苇塘，找到最坚韧的芦苇茎营巢。在我看来，苇莺身怀劳动者的技巧。它们先用干枯的苇叶或植物的茎叶将几枝苇秆（有时是蒲草秆）绕扎起来，再用草茎、苇叶、花梗、植物的根茎及纤维编成一个水杯似的深巢，内用干草叶、细草茎、植物须根或鸟掉落的羽毛等做巢垫，将鸟巢悬挂在离地面一米左右的苇茎之间。被围扎起来的苇茎看起来并不稳固，但苇莺的巢却总能安然无恙。一个疑问伴随了我很久，为什么苇莺从不担心自己的卵掉下来呢？这是苇莺带给我的些许惊奇与神秘。

3

　　约翰·巴勒斯说，鸟的悬巢含有某种品味与深意。细想，巴勒斯此言也含有某种品味与深意。最显而易见的是，"巢"关乎爱，不然怎么会有"爱巢"一说，即便是最粗糙、最简陋的巢也关乎爱。雏鸟甫一出生，感受到的便是带着亲鸟体温的巢的温暖，以及巢带给它们的安全感。回溯人类的建筑史，上古时期，始祖有巢氏便教人们构木为巢，以抵御野兽的侵扰。前人早就发出"覆巢之下，安有完卵"的慨叹，于今，鸳巢令人艳羡，空巢令人感伤，窝巢令人不齿。巢之引申义，不胜枚举。不可否认，鸟类除了是天生的歌唱家、飞行家，也是天生的美学家、数学家，更是天生的哲学家。

　　不管怎么说，看着苇莺的寓所在苇茎间随风摇荡，不禁还是要感叹一句，苇莺真算得上鸟类中的建筑高手了。而芦苇有一种天生的母性力量，无比柔软又无比坚硬，为苇莺的爱巢提供了最优质的建筑材料和最适宜的居所。

　　苇莺主要以昆虫为食，比如苇虫、蚁类、甲虫、水生昆虫、蜘蛛、蚂蚱、蜻蜓以及蜗牛，有时也食草籽儿。大苇莺的分布范围极广，分布区域碎片化，适应能力也极强，种群数量趋势稳定，属于无生存危机的物种。我常常想，这小小的鸟儿，从哪里来到我们这儿？它是怎样抖动它那赭色的小翅膀，连续几天飞行，不眠不休，使出浑身解数，飞越千山万水，凭借着勇气与毅力，战胜无数的黑夜、雨雪与严寒，每年 5 月如期来到鸭绿江口湿地的？

5月末，一些苇莺经过休整和体能补充，会继续向西北飞至内蒙古、新疆和甘肃等地区，或者飞抵西藏和青海等高原草甸，有的可能会飞到俄罗斯南部和中部，繁殖后代。还有一些苇莺贪恋我家乡的美食和气候，会滞留到秋天，养足精神后原路返回它们的越冬地。当然，也有对此地湿地情有独钟的苇莺，选择将这里作为它们的返真之地。这些既不返回也不北上的苇莺，此时要开始孕育后代，殊不知，繁殖的过程异常艰辛而又凶险百出。

危险首先来自人类。在我家附近闲逛的那些男孩子们，听到苇莺清脆的歌声，便像得了某种号令一般，打着呼哨，成群结队地钻到芦苇塘中寻乐。处于繁殖期的亲鸟本就敏感多疑，伫立在苇茎顶端望风的雄性苇莺很快就发现了这些入侵者，它不停地鸣叫，以提醒不远处正在孵卵的雌性苇莺。苇莺通常每巢产三四枚卵，我见过最多的一巢有六枚卵，蓝绿色，比鹌鹑蛋大一点点，带有灰褐色的小斑点。雄苇莺声色俱厉又焦急恐惧的尖叫听在小孩子们的耳中，简直无异于"此地无银三百两"。苇莺的巢常常很快就被小孩子们发现，苇莺蛋便成为这些小侵略者的战利品，苇莺蛋不仅小，而且味道土腥，并不好吃。小孩子拿回家不过是给父母炫耀一番，也有玩腻了随手丢在泥塘里的。

另一重危险来自杜鹃（又名布谷鸟、子规、杜宇）。少时，"杜鹃啼血猿哀鸣""又闻子规啼夜月"的诗句烂熟于胸，对望帝杜宇失国身死，魂魄化为杜鹃的典故叹惋不已。华兹华斯也曾作诗《杜鹃颂》，赞美杜鹃，"不是鸟／而是无形的精灵／是音波／是一团神秘"。在巴勒斯笔下，纽约州森林里的杜鹃出奇地温顺与安宁，鸣叫声超凡脱俗、深沉邃古。可我们这边湿地里的杜鹃全然是另一种样貌。望帝一片春心化成的杜鹃，成了一种诡计多端又懒惰无比的巢寄生鸟。这一度让我百思不得其解。难道地域差异改变了鸟的习性？后来查资料才知道，全球已知的140种杜鹃中，只有40%的杜鹃具有巢寄生行为。纽约州的杜鹃自己营巢并哺育后代，而我们这边的杜鹃却踏上了巢寄生的进化之路。杜鹃体型比苇莺大，无法在苇茎或蒲草上立足，只能活跃在芦苇荡周边，在碎石、土块或蓬蒿间腾跃，算是苇莺的伴生鸟。

我有一个摄影家朋友，给我看了一组照片。他在一个繁殖季，持续跟拍了一只大杜鹃"鸠占鹊巢"的全过程。那是一只长相凶猛的雌杜鹃，比鸽子稍长，翅膀暗灰色，白色的腹部有明显的黑色"海军条纹"。在寄生产卵前，它隐蔽在芦苇塘周边的一片灌木丛中，密切监视着苇莺筑巢、产卵期间的一举一动。杜鹃的监视范围可覆盖二三十个苇莺家庭。每一个被它盯上的苇莺几乎都难逃魔爪。有一只苇莺产下了四枚卵，当天下午，杜鹃便瞅准苇莺短暂离巢的间隙，飞进苇莺巢中，将一枚苇莺卵推出巢外，在五秒之内将自己的卵排到了苇莺巢中，狡猾的杜鹃在每个寄主巢穴只排一枚卵，以便鱼目混珠。繁殖季的大杜鹃，最多可寄生二十多枚卵，产卵量是苇莺的四五倍。

大杜鹃有一门绝技，会运用视觉诡计，模仿寄主鸟卵的颜色与形状，产出与寄主卵外形十分相似，颜色、卵斑也都差不多的卵。以苇莺为寄主，大杜鹃就产出绿色的卵。英国境内的大杜鹃还有另一个寄主草地鹨，它会模仿草地鹨产下棕色的卵。但我从照片中一眼就看出，杜鹃的卵明显比苇莺的卵大一圈，卵斑也并不一致，颜色也比苇莺的略浅。不仅如此，大杜鹃的幼雏比苇莺的幼雏大出很多，毛色也完全不同，为什么苇莺就辨别不出来呢？我问朋友，他说，这得去问苇莺。

朋友拍到的这只大杜鹃的卵继承了母亲的谋略和残忍，它比寄主的卵早一步出壳，趁寄主鸟不注意，杜鹃幼雏用自己还未长出羽翼的身体，将苇莺巢中的三只卵拱出巢外，接着运用声音诡计，迷惑寄主鸟，它模仿苇莺幼雏饥饿时发出的"啾啾啾"的快节奏乞食声，使苇莺心甘情愿哺育这个"杀子仇人"。看着苇莺认贼作子，将辛苦衔来的小虫子，喂到比自己体型大得多的杜鹃幼雏嘴里，怎么说也觉得违和。在进化之路上，苇莺显然还需要进化出相应的防御力，增强识别外来卵和外来幼雏的能力。

4

芦苇塘里鸟类驳杂，也有很漂亮的鸟。我们曾经拍到过一只棕头鸦雀，比麻雀还小，头顶至背上棕红色，翅尖是深红棕色，尾巴长长的，体形短而瘦。还有一种鸟也十分常见，我们叫它油鹬（并不是鹬鸟），黑色的我们叫黑鹬，麻色的我们叫麻鹬，带褐灰色暗花纹的我们叫花鹬。东北有句歇后语是专门说它的，"油拉鹬子卡前——全靠嘴支着"，形象地突出了这类鸟嘴长的特点。它们以昆虫、水生小动物等为食，河里的小鱼小虾、蝲蛄都是它们的盘中餐。现在知道，"油鹬"其实是老百姓对一些外形相似的鸟类，比如林鹬、滨鹬、斑尾塍鹬、大杓鹬等的统称。

我四姨姥爷有一杆猎枪，他喜欢去芦苇塘里打油鹬，用火烤着吃，其实油鹬名副其实，油多肉腥，一般人都不吃它。但在生活困难的年月，也就不计较好吃与否了。男孩子们也有自己的打鸟武器，有的用弹弓，有的用夹子。

我表哥用缝衣针。他会在坝埂上放一条长线，在长线的一头穿一根缝衣针，把一只蚂蚱、蝲蛄或蜻蜓之类的小诱饵穿在缝衣针上，针要穿在昆虫的非关键部位，保证昆虫不会死去，如此，挣扎的小昆虫很容易引来觅食的油鹬。油鹬一口吞下猎物后，针就会卡在它的嗓子眼里，疼痛难忍的油鹬只能束手就擒。这种计谋能得逞的缘由之一是油鹬比较懒，觅食相对被动，即便在海边，也很少逐浪掘食，大多是等退潮后，发挥大长嘴优势，不费吹灰之力便可酒足饭饱。我们当地人给它起了个外号叫"穷等"，也算贴切。

我师范大学毕业后，分配在小城最西边的一所初中，紧邻学校操场的是小城唯一的造纸厂，绕着厂区的苇垛高大密集，建筑物一般，成为小城的标志之一。每到秋冬季，芦苇进入成熟期，金黄色的芦苇被割下来，装上大车成捆成捆拉到造纸厂去。芦苇被割完以后，剩下的小苇秆和苇叶就是县城百姓一年的烧柴。

有一年冬季12月下旬，县里宣布开塘，我非闹着要跟父母一块儿去苇塘搂草。父母最终同意了。我们三个带着玉米饼子，推着板车，拉着竹耙子，跟着大部队从最大的入口马车桥一股脑涌入一望无际的芦苇塘，大家在苇塘里抢划疆域，比谁搂草快。我年纪小，搂了一会儿就觉得又冷又饿。好不容易挨到傍晚，我已经浑身冰冷，蜷成一团。从马车桥向西蔓延数里，排满了拉苇草的手推车，几天后，每家每户都迅速堆起了或大或小的新草垛。那次之后,我再也不跟着父母去苇塘搂草了。20世纪90年代末,我从初中调离时,造纸厂也黄了铺,旧址上很快建起了一个超大的农贸市场。不知从何时起,再也见不到有人到芦苇塘搂苇草了。

5

海鸥仍然可以见到,尤其是有芦苇塘的地方。就市内来说,只要有河汊的地方,就有海鸥。马车桥下、闻水河边,都可以看见海鸥在展示自己飞翔的倩影,它们身形较大,远看像鸽子似的,但飞姿比鸽子舒缓优美得多。海鸥是很喜欢鸣唱的鸟儿,它们有自己多变的曲调。哺育幼鸟时,是温柔的轻唤,"吱——咯咯,咯咯,咯咯……咯——"翻译过来,大约是"快——来吃,来吃,来吃,乖——"打斗恐慌时,是粗哑的嘶鸣,"哇——""哇——"像极了乌鸦的恶声;吵嘴时,三四种叫声交杂错叠,"咕咕""唧唧""去——";发牢骚时,声音粗短,像母鸡下蛋后的亢奋声,"咯咯哒""咯咯哒"……如果想看海鸥翔集,可从黄土坎码头坐船去大鹿岛,开船以后会突然涌出大群海鸥跟在船尾,随着灰白色的浪花上下翻飞,场面蔚为壮观。

今年10月末,我和女友顺着家乡境内的沿海公路,一路驾车西行,拍摄海鸥。数年前,这里连绵着大约200公顷的芦苇塘。现在,连这一片的芦苇塘也全部消失,数十公里海岸线变成了滩涂养殖基地。坝边的芦苇和荻草一小丛,一小丛,孤寂地在风里挨挤在一起。艾蒿、红蓼、碱蓬草长得蓬头垢面。偶尔也会见到几株红柳、水曲柳或白榆。映入我们眼帘的是一幅海边人习以为常的场景：一群耕海人沿着养蛏带呈一字形排列到视力不及处，他们用钢耙子刨开松软的泥土，采收一些蛤目贝类。他们穿着连体水裤，戴着五颜六色的胶皮手套，女的一律包着头巾，只露出眼睛。

6

　　这个春天，苏醒的其实不仅是苇塘，也有记忆。我想起我小时候，每天下午只要放学早，就先要钻到芦苇塘里玩闹一番。我同桌会用新鲜的芦苇叶子编成蟋蟀、小狗，她还会用芦苇叶做风车，让我们又羡慕又嫉妒。那时候，我们喜欢随意扯一棵芦苇，小心剥开外层的苇叶，抽出里层的苇芯，再把最外层苇叶卷成筒状，中间稍微留点空隙，放在嘴边吹。

　　我其实只想吹出一种曲调，但是不知是我技艺不熟，还是每片苇叶的形状不同，我每次只能让苇叶在我的唇边，使苇塘弥漫出不同的曲调。那种曲调似乎一律都带有某种青春的忧伤。

　　我还想起小时候，我们经常传看的一本著名的小人书，叫《芦荡小英雄》。而今，情节完全记不住了，我只是记住了一种印象，原来，除了我的家乡，在我不知或未曾涉足的地方，也有无数的、大片大片的苇塘。

　　我不久收到了女友给我发来的我们曾拍摄的苇塘照片：一群耕海人沿着养蛏带呈一字形排列到视力不及处，他们用钢耙子刨开松软的泥土，采收一些蛤目贝类。他们穿着连体水裤，戴着五颜六色的胶皮手套,女的一律包着头巾,只露出眼睛。

——只是,在他们头上不远处,一群群的海鸥飞来飞去,鸟与人群形成平行的两条活动带。鸟儿们已学会了随着环境变化调整自己的活动区域,而在我们的照片中,人与鸟看起来是一类物种。

应许之地

1

我曾见过入秋后的孤山苇塘湿地，滩涂被红色碱蓬覆盖，夹在南北芦苇群落中间，如同无数条被切开的血管，鼓荡偾张，让面对此景的人不由得低下头颅，觉悟自己不过渺小如一株碱蓬草。可碱蓬草岂可小瞧？盐碱地可不是肥沃的土壤，多少物种只能望而却步，唯有珊瑚状的碱蓬草能存活撒欢，容忍盐的渗入、碱的侵袭。每年4月，它鼓出纤细绵软的嫩红色幼芽，五六月，嫩红色渐次转深，9月，滩涂变成了红色的海洋。10月，碱蓬草由红变紫，滩涂由浓烈转为沉郁。

海边人春天采摘碱蓬芽，用水焯过后，浸泡一天一夜，加肉剁碎，调成馅，包饺子或包子，有一股特别的鲜香。我的一位诗人朋友，离乡多年，未至花甲便生了重病，瘦得连坐在沙发上都觉得硌得疼，给我打电话说，只想吃一口小时候吃过的碱蓬包子。可等我包好碱蓬包子，他已溘然逝去。每当我驻足碱滩，看到燃烧的碱蓬草，思念和怅惘之情便携风袭来，心中的遗憾难以诉说。

岫岩的五道河南流至冷家隈子，接哈达河、汤池河二水，始名大洋河。大洋河南下又接雅河西来之水，水势渐大，北转南折又东向接牤牛河水，九曲向东南逶迤而去，合流哨子河后，于黄土坎汇入黄海。大洋河入海口及以西的大片区域，便是大孤山苇塘湿地，也是鸭绿江口湿地核心区。

相比于观鸟期时万头攒动的宝华东路（今海角路），大孤山苇塘湿地人迹罕至。扛着"长枪短炮"的摄影师、熙熙攘攘的观鸟者一律被拒绝入塘，只能望鸟兴叹。除了沼泽、湖沼、潮沼、河口湾，无边无际的原生态苇塘湿地藏着无尽秘密，单是开车绕一圈都要一个小时左右。

河湾血脉般起伏错综，将红海滩割裂成不规则的板块。湛蓝清亮的天空、银白如带的河道、青亮起伏的软泥，与深浅参差的碱蓬形成了一种层次多变的错落之美。也许唯有擅长光与影实验的法国印象派先驱莫奈和巴齐耶，才能画出如此丰富饱满的光线和色彩。而芦苇塘浩浩荡荡，在红海滩南北两面蔓延成密不透风的屏障。已经完全绽开的芦苇花穗，白得好比午后2点的海鸥，密密挨挨挤在大洋河两岸，招摇在寂静无人的野塘上方。哪有"秋风瑟瑟潮湿地"的萧瑟之感？倒是一派"浅水芦苇花如荼"的热烈风貌。风吹絮摇，仿佛无数只小手在招引着你，邀你来靠近这柔软而庞大的灵魂。

2

此时正是 8 月初,盛夏的苇塘却是另一番景象。我跟随孤山野保专家再次进入湿地核心区,专家们要对鸟类进行例行的影像生物多样性调查。常识仍须反复强调:只有生物保持多样性,地球才能生机勃勃。这个季节,候鸟大多北上,可湿地并不寂寞。细碎的晨光跳跃着,萤火虫一般。芦苇还在孕穗期,一望无际,茎叶绿得像夜间豹猫的眼睛。有性急的已鼓出花穗,白白的,像婴儿的小拳头。枝条显得越发纤瘦,似乎支撑不住有些硕大的头颅,在微风中左摇右晃。每一棵芦苇都好像藏着一个绿色的心事。

我总觉得芦苇是一种神性的植物。旧俗,元旦悬苇索(用苇草编成的绳索)于门,可以御凶邪。此说法最早的出处大约是《山海经》。张衡的《东京赋》、应劭的《风俗通》等古籍里皆提到"悬苇索以御凶魅"的习俗由来——"上古之时,有神荼与郁垒昆弟二子,性能执鬼,度朔山上有桃树,二人于树下简阅百鬼,无道理,妄为人祸害,神荼与郁垒,缚以苇索,执以食虎。"清初唐孙华有诗句可佐证,"桃符苇索一时新,对立春风突兀身"。

"人只不过是一根苇草,是自然界最脆弱的东西;但他是一根能思想的苇草",数学家帕斯卡尔的这句名言,流传甚广。"用不着整个宇宙都拿起武器来才能毁灭;一口气、一滴水就足以致他死命了。然而,纵使宇宙毁灭了他,人却仍然要比致他于死命的东西更高贵得多;因为他知道自己要死亡,以及宇宙对他所具有的优势,而宇宙对此却是一无所知。"一言以蔽之,能在优胜劣汰的自然界中存活下来，完全依靠思想，人的全部尊严在于思想，思想产生智慧。其实芦苇也有思想，是天生的哲学家。只不过，人类并不承认芦苇有思想（当然也不承认任何非人类有思想）。

芦苇的茎叶看起来细长柔弱，却有着无可比拟的韧性，飓风急雨也无法使其折腰。其根茎一年内可延伸五米以上，想要将一根没有拇指粗的芦苇连根拔起，恐怕得有"倒拔垂杨柳"的膂力吧。

小时候我姥姥家有一间很大的厢房，专门用来编苇席。夏初时，芦苇被收割回来，晾晒后用一种自制工具（有一孔的，也有两孔的）将每棵芦苇劈成两三条，再用石磙反复碾压，破篾后的苇片百拧不折，松韧顺畅，正适合编苇席。那时农村娶媳妇、过年，炕上都要换一张新编的苇席。在我的记忆里，我姥带着我妈姊妹三个每天都在无休无止地编席。姥爷负责用石磙碾苇子，我的太姥爷则不停地劈苇条。冬天，我妈手上总是生满冻疮，手指又常被苇条划破，淋漓的血洇在苇席上，渍成暗红的印痕。她就是裸着那样一双手闷声不响地编着一张又一张苇席。每念及此，我的心都会隐隐作痛。我妈却不以为意，她说，苇塘养活人啊！那年月一大家子都靠编席吃饭哪！

当我给学生们讲解"红藕香残玉簟秋"或"筵长席短，筵铺陈于下，席在上，为人所坐藉"时，学生们记住的也只是"玉簟、筵、席"的意思，苇席对他们而言，早已是只存在于课本中的陌生之物。我担忧的是，将来学生若读到"蒹葭苍苍，白露为霜"时，身边是否还有一处雁啼鹭飞的芦苇塘？

苏轼早就明晰芦苇的特性，故有"纵一苇之所如，凌万顷之茫然"的狂浪豪语。很长一段时间，我闲时练书法，最喜欢写的一句话是：凡心所向，素履所往，生如逆旅，一苇以航。谁不曾有过"一荡芦苇，一泛轻舟，一壶美酒，再拂一身荻花，别了苏堤，取了蓑衣，就此笑傲天地"的江湖情结？芦苇就像火车一样，饱含诗歌般的激情冲动，寄寓着我们对远方的期待，对陌生的向往。

没有一种植物能像芦苇那样，有巨大的包容性和超强的凝聚力，把一些都市里越来越陌生的元素，云朵、色彩、水塘、野鸡、野鸭、豹猫、狍子、野兔以及各种湿地才有的珍稀鸟类凝聚在一起。

我爸每当要"指点江山"时，引语总是：我们海边人……他的省略之意大约是，海边人，多多少少应该带点芦苇的基因——心胸博大，外柔内刚，不择环境，野蛮生长。

沿着主路一路向南，不时有一两只鹳鸟振着翅膀，慢悠悠地从我们头顶飞过。碱蓬草已苍老，半绿半红，间杂一簇一簇的深绿色芦苇。偶尔会见到一两棵榆树或槐树，都长得矮小萎靡。马齿苋、鸭跖草、苦荬菜、飘拂草、白屈菜、菖蒲、莎草等一些草本植物在芦苇和碱蓬草的脚底偷生，毫无存在感，倒是狗尾草拖家带口，顶着毛茸茸的绿穗一直蔓延到路中间。

一座五层八角楼孤零零矗立在路边，那是环境空气自动监测站。从地图上看，此处是黄海最北部的海域。向南远望，水天一色，两座岛屿赫然在目，东西相连。獐岛在东，大鹿岛在西。此前我们沿着滨海公路一路西行时，依次路过的两个码头，每天都有客船分别通往獐岛和大鹿岛。

甲午战争中最著名的一场海战——大东沟海战，就发生在大鹿岛以南海域。小时候看电影《甲午风云》，被李默然饰演的邓世昌的英雄气概所折服，彼时并不知道这个赫赫有名的古战场遗址离自己只有咫尺之遥。大鹿岛是个普通的小海岛，只有八九十户渔民。海岛东端的半山腰，矗立着邓世昌的塑像以及用花岗岩修筑的邓世昌墓。然而，知道这段历史的年轻人越来越少了。近几年，百余件致远舰遗物被打捞出水，包括一枚完整的鱼雷引信、一个残破的带有"致远"铭文的瓷盘、一扇锈迹斑斑的方形舷窗，以及部分主炮炮管残片等，引发了对大东沟海战的又一轮热议。

3

伸向苇塘深处的小路狭窄低矮，错综纵横，像一条条棕黑色的蛇爬向苇塘深处。如果不顺着纵贯南北的直路前行，很容易就会迷失在一人多高的苇塘里。

30多年前，邻家有个女孩，不到30岁的样子，开了一家窗帘店，生意做得有模有样，只是到了适婚年龄，笃定要过独身生活。她母亲受不了别人的指指点点，先是对女孩恶言相向，后至羞怒交加，声言断绝母女关系，间以绝食相逼。4月的一天下午，女孩携一瓶农药进了绿油油的苇塘。直到腊月，工人割掉了枯萎的芦苇，她的尸首才被发现。唉，那女孩拼出性命也要维护的，不过是为人最基本的自由。

风穿过芦苇丛,轻如一声低低的叹息。

在孤山苇塘,即便迷路,也不必惊慌。湿地的正北方,可以望见大孤山的南部轮廓,大孤山山脚下的大孤山古镇是我出生的地方,这里地处辽东断块山,为典型的断块山地形,小镇东部、西部为海岸堆积地形。或许你从未来过我的家乡,但你大概知道这类小镇。冬无严寒,夏无酷暑,民风淳朴,山海灵秀。胡同里是窄窄的青石小路,老房子依山错立,家家养着杏梅树,枝叶从石头矮墙探出来,等着老木门上的椒图门环被叩响。孤山杏梅软糯多汁,闻名遐迩,归功于丹麦传教士聂乐信(100多年前,她引进丹麦黄杏,后与本地杏树嫁接)。在苇塘湿地回头北望,大孤山的山脉东西绵延,高低有致,像一匹长途跋涉的老马侧卧在目力所及处,那是苇塘最明显的出口方向。

如果说鸭绿江口湿地是世界之肺,那么大孤山苇塘湿地则是鸭绿江口湿地的心脏。涉禽类鸟儿的一呼一吸,为这片陆地、滩涂和海洋交汇过渡的生态系统注入了源源不断的新鲜血液。

3月,从南方飞来的大批天鹅,将大洋河作为栖息的第一站,休息调养40多天后,飞往贝加尔湖北部进行繁殖,然后飞往西伯利亚北极圈附近避暑。同时,灰鹤、黑嘴鸥、东方白鹳、斑嘴鸭等也陆续到来。

最让我惊诧的是野鸭。走着走着,"呼啦,呼啦",就会有一大群野鸭猝不及防地从两边的苇丛里蹿飞出来,在你还没有回过神来的时候,呼啸而过。我在任何一处湿地从没见过如此壮观的野鸭群,它们成千上万,组成一张流动的、铺天盖地的暗色大网,从天空笼罩下来,闪着银光的河道霎时被无数的黑灰色"小花朵"挤满,而大孤山就像个硕大的蜂巢,野鸭们小如密密麻麻的野蜂,在山头徘徊不去。

群鸭组成的鸟浪——严格说不能叫作鸟浪,成群地从 A 地直接飞向 B 地,有点愣头愣脑,与我们在海角路看到的鸻鹬类鸟浪完全不能相提并论。鸻鹬类鸟浪看起来阵形严谨,几无空隙又百变有序,巨浪般起伏翻卷,令人目不暇接。野鸭群松散随意,像一群乌合之众,起飞、降落毫无章法,空中、河面乌泱泱漆黑一片,它们显得比鸻鹬类笨拙,数量再多也难以形成海啸般整齐又有规律的鸟浪。在别处湿地难得一睹的白眉鸭、青头潜鸭、绿翅鸭等,在这里呼朋引伴,稀松可见。

有一片苇丛远离芦苇群落,落寞地靠近水塘,有二三十只野鸭藏身其中。我看见三四只野鸭扑啦啦先飞出苇丛,其他的野鸭仿佛接到了某种信息,争先恐后地向水域中心射去,它们紧贴着水面,小短腿像两支小船桨,半飞半游,速度极快,像一群小黑马在野地狂奔,颠覆了我脑海中关于野鸭的固有印象。

恍惚间,芦苇群落中断,鸭群失去了踪迹。路两旁出现了大片水域,右侧的一部分水域还有着明显的围坝地貌,很久以前这里被割裂成大大小小的养殖池塘,养殖对虾、海蜇、小人仙(缢蛏)。苇塘封闭管理以后,这些养殖基地被清理,并入河湖相通的湿地水系网,恢复了野塘的原貌,找回了自然的自由。现在,它们呈现出半修整、半原始的特征,与其他的野塘连成一片,扩大了湿地的面积,成为深受鹭类与鸥类喜爱的乐园。

海鸥因叫声像猫,老辈人都叫它海猫子。以前渔民收网或晾晒鱼虾时,海鸥常成群结队前来掠食,招致渔民嫌弃。掏海猫子蛋成了半大小子闲时的头等大事。我们用"海猫子捞鱼,不知潮流"来讽刺那些不识时务的人。又用"海猫子进村,不是好兆头"来附会其不吉祥。鸟有灵性,人讨厌海猫子,海猫子也远远地躲着人。

　　时移世异。前阵子,有一则短视频爆火:群鸥翱翔的海边,一美女亭亭而立,仰头闭目,长发飘拂,嘴叼一片面包,片刻,一海鸥翩翩而至,嘴中掠食。画面唯美,人鸟相谐。一时间,效仿者众。人类的愚蠢大抵如此,对待万物,非黑即白,随心而定喜憎,无用则弃之毁之,有用则褒之护之。现在,几乎没人知道海鸥曾有过"海猫子"的贱名。多少人不远万里而来,只为看一眼海鸥翔集。

　　如果你喜欢海鸥,春夏之际,从东港出发,沿滨海大道一路西行,会见到多如云朵的海鸥。它们或在滩涂上站成整齐的一排,如一条白色的波浪线;或在低空懒懒地扇动翅膀,"嘎嘎"地鸣叫几声;或三五成群地在稻田里闲逛;还有的偏要表演杂技,稳稳地立在又秃又细的木杆尖上,一动不动。

　　数年前,滨河大道两旁还是芦苇茂盛的原始湿地,200多公顷的苇塘里藏着大苇莺、苍鹭、棕头鸦雀、林鹬、滨鹬、斑尾塍鹬、大杓鹬等无数的鸟类。如今,路两边大部分变成了水稻田和养殖滩,野塘零碎,已不成规模。

4

　　此时,影影绰绰可见一群白色的长腿大鸟正在水塘休息。

涉禽类鸟以"三长"著称,即腿长、颈长、喙长。难得的是,水域之中有若干不规则的岛状高地,高地上间生芦苇和灌木,靠近水域的部分由半绿半红的碱蓬草构成,接续部分是碧绿的芦苇,泾渭分明。这类地形有起有伏,相对隔离,植被也参差变化,非常适合一些鸟类筑巢、产卵、孵化。

"快看,好多黑脸琵鹭!"

有人指着左侧的水塘前方,低呼了一声。

果然,这是一个以白鹭和琵鹭为主的大群落。正逢大潮,水流急而大,几只苍鹭在水塘边缘埋头梳洗,还有几只苍鹭在低空飞来飞去。斑嘴鸭三三两两在稍深的水中游来游去。风像是被什么兜住了,发出一种闷闷的撕裂声,鸟鸣声短促而清亮。白鹭是湿地的常见候鸟,黑脸琵鹭却极为罕见。如果鸟类有星座的话,黑脸琵鹭一定是处女座。它对环境的要求极为苛刻,是生态环境的指示性物种,属于全球濒危珍稀鸟类,是真正的"鸟中大熊猫",已成为仅次于朱鹮的第二种最濒危的水禽。

至清之水塘,即便有树有草,没有鱼虾,涉禽类鸟儿也是绝不会光顾的,而河底多石的水域和植物茂密的湿地,是见不到黑脸琵鹭的(石头和密集的植物不利于它取食),被污染的水田或养殖场更是连它的羽毛也见不到一根。

白鹭和琵鹭都热爱群居,它们喜欢三五只或十几只一起生活。即便清高如黑脸琵鹭,也性格随和,丝毫不会瞧不起那些外形普通的凡鸟,更不介意与它们共饮一池水。传统分类上,白鹭和琵鹭同属鹳形目(不知为何,最近的分类研究将其调整到鹈形目)。你看,它们通身体羽雪白,大腿修长纤细,远远望去,白得像雪,仙气飘飘,很难区分。可对野保专家来说,辨别鸟类不过是雕虫薄技。

《说文解字》中"鹭"字的解释是,"汉人谓鹭为白鸟也"。在篆文里,"鹭"是指在水边走来走去的鸟。因白鹭群飞有序,还被用来比喻朝官的班次。明清时期六品文官官服上的补子即为白鹭。《魏书官氏志》"以侍察者官",取其延颈远望意。徐渭《女状元》有句:"班鹭远,纵举头见日,却袖冷炉香。""班鹭"亦源于此意,喻指肃立成行的官员。以上典故中的白鹭,只是一种模糊的称谓,古时对鸟类并无细分,陆机《诗疏》里云:"鹭,水鸟也,好而洁白,故谓之白鸟。"只要是水边的长腿长嘴大白鸟,古人皆统称为白鹭(一说鹭鸶)。

我们这里是满族聚居地,对萨满和神秘主义者来说,鹭是接入宇宙神圣信息的引渡者,可以帮助那些善于自我探索的人。壮族更是将鹭作为图腾。异邦对鹭也敬畏有加。非洲和希腊人相信鹭与神有直接的交流,《奥德赛》中记载,希腊神话中的智慧女神雅典娜原始形象即鹭。佛陀十大弟子之一的舍利弗,以智慧第一著称,传说其母眼明如舍利鸟(鸳鹭)之眼,而舍利弗意为"鹭之子"。

鹭鸟上达天界,下通水域,知天高地迥,识盈虚有数,虽怀智于身,却懂得包容,善于隐藏自己,是名副其实的智慧之鸟。在我眼里,巴齐耶可称为画界的"鹭之子"。他是印象派的青春,出身富贵之家,却与贫穷的莫奈、雷诺阿、西斯莱成为至交,为了支持莫奈等印象派画家坚持自我创作,常出钱购买莫奈等人的作品,他先后创建了六间工作室、莫奈、雷诺阿、西斯莱都曾蹭住过他的画室。陈丹青说:"他(巴齐耶)在19世纪同性恋文化备受打压的情况下画了许多青年男性肖像,非常坦然。"他还不时为朋友们支付模特的佣金,甚至亲自做朋友们的模特。莫奈名画《草地上的午餐》的男模特即为巴齐耶。

我第一次见到巴齐耶画的《静物与苍鹭》图时,着实被震住了。看惯了传统国画的我,早被郑石《画芙蓉白鹭》、吕纪《秋鹭芙蓉》、黄慎《莲鹭图》、任仁发《秋水凫鹭图》等洗了脑(我看过的传统画鹭图中,似乎没有一只是黑脸琵鹭),忘记了典雅和谐、工丽优美、富有生机这些元素之外,还可以有更激情的表达。巴齐耶画的是一只被猎杀而死的鹭。画面中,死鹭的爪子被吊在桌子的一角,一支猎枪靠在桌子上。宽大的鹭的翅膀占据了画面主体,鹭的脖子和嘴耷拉在一块白布上,靠近几只较小的死鸟。我一下子想起了《耶稣受难图》,目睹一只鹭的死亡就是目睹一个人的死亡,就是目睹神的死亡。

雷诺阿全程参与了巴齐耶画这只鹭的过程(西斯莱也画了这只被屠杀的鹭,取名《展翅的鹭》),同一时刻创作了一幅画——《在画架上画画的巴齐耶》(又名《巴齐耶画鹭》)。巴齐耶的父亲在1876年的印象派展览中看到《巴齐耶画鹭》图,用《花园中的女人》(这幅画是巴齐耶为解莫奈的燃眉之急,以远超市场价的2500法郎从莫奈手中买下的)换得。而此时距巴齐耶离世已六年了(卒年29岁)。《静物与苍鹭》给予我的是一种视觉的隐喻,即被猎杀的鹭是巴齐耶本人(被普法战争所猎杀)。

巴齐耶流传最广的画作是《巴齐耶的画室》,光线自然,时光闲散,三五好友,洒脱无拘,画面右角弹钢琴的是音乐爱好者梅特尔,巴齐耶非常敬重的马奈执一根手杖,正欣赏画架上的画作,眼神落在同一幅画上的是马奈旁边的莫奈,留着一把大胡子。画面正中间侧身立于画框旁的大高个子正是巴齐耶,楼梯上下对话的两人是雷诺阿和斯歇尔德雷。这幅画可以说定格了印象派画家诞生的那个时刻,而吸纳和滋养了众多艺术家们的巴齐耶的画室,真的很像一湾包容万物、生机盎然的湿地水域。

5

粗粗数了一下,这片水域至少有二三十只黑脸琵鹭,它们混在三四十只白琵鹭之中,几乎没什么不同,只有从望远镜中才能分辨出来。这群黑面舞娘沿着水塘边缘排成一个一字形横排,头朝东尾朝西,站着休息。即便一只脚在陆地,一只脚在水中,也保持完美的平衡和稳定。苍鹭飞过时,它们不约而同地伸颈仰望,有三两只扇扇翅膀,算是打过招呼,安静而又警惕。一次能见到这么多的黑脸琵鹭,连野保专家也啧啧称奇。几年前,若是能见到一两只黑脸琵鹭,就算"鸟运亨通"了。

这是我第二次见到黑脸琵鹭。第一次见到它,是六年前,在大东港(离孤山约有一小时车程)。大东港位于鸭绿江入海口,东临朝鲜薪岛,南濒黄海,是中国海岸线最北端天然不冻港。建港之初,修筑了很多大堤坝,将大块的区域分割成无数的小池子,挖泥船将从海里清理出的淤泥和沙子,回填到这些小池子中,其中一部分修建成货场、公路、场站、码头、栈桥等,另外一些池子便闲置起来,渐渐变成了浅滩和高沙地,成了鸟类的乐土。对繁殖条件要求不高的白额燕鸥、反嘴鹬，在沙堆里随意扒拉个坑就能产卵。

朋友说，3月时，他在这处隐蔽的浅滩发现了三只黑脸琵鹭。我去了两次，只见到了白额燕鸥在孵卵。4月中旬，我跟随朋友去观察红脚鹬求偶，远远见到三只大白鸟在浅滩上空舞蹈。它们颈部横向伸直，腿部纵向伸直，有节奏地缓慢拍打着翅膀，像伞兵从容地打开降落伞，姿态优美而平缓。朋友用手指了指它们，用力冲我点了点头。我的心跳瞬间加快了。飞了一会儿，这三只黑脸琵鹭便落到浅滩上开始觅食。它们的脸和嘴连成黑漆漆的一条，眼周也全是黑色，像一个失眠的人熬出了黑眼圈。细看，每只鸟的脸和嘴都有独特的花纹，尤其大长嘴上密布的横纹，像无数根等待弹拨的琴弦。

"快看，它们已经长出了繁殖羽！"朋友低声提醒我。这真是令人惊喜交加，繁殖羽是鸟类佩戴的贵重首饰，是黑脸琵鹭进入繁殖期的前兆。在高倍望远镜的镜头下，黑脸琵鹭后枕部的黄色冠羽丝丝缕缕，随风摇摆，颈胸之间一条宽宽的黄色颈环与之呼应，真是达到了涉禽类鸟儿的颜值巅峰，与非繁殖期的琵鹭"判若两鸟"。爱美之心，鸟皆有之。求偶之手段，鸟与人大同小异。

黑脸琵鹭不同于野鸭，它们安静又优雅，温顺又机警。走路时，像专业的模特，两只大长腿稳重而从容。有两只黑脸琵鹭相向觅食，擦身而过时连头也不抬。我以为它们会像黑翅长脚鹬那样，将大长嘴插入浅水区抽取食物，可完全出乎我意料，它们的长扁嘴半张着，整个深入水中，像铲子在水里左右摇摆，激起漩涡,像一把镰刀从一边到另一边地毯式搜索。这种摇头晃脑的扫荡式觅食方式,虽看起来又憨又傻,却可以通过下喙密布的触感神经感应猎物的位置,捕捉到水底层的鱼、虾、蟹以及软体动物。

有一只黑脸琵鹭抓到了一条鱼,它的大长嘴带着鱼从水中拔出来,突然将鱼抛起来,再迅速夹住被抛至空中的猎物,并调整鱼的位置,让鱼的头部朝嘴的方向进入食道,同时将鱼竖起的背鳍顺势压下去。这条不幸的鱼下意识地开始了垂死挣扎,而黑脸琵鹭借着鱼向前挣扎的力量,一点点地将鱼吞到腹中。

此时,半空中突然出现了一架无人机,四下望去,并没发现操控者,也许藏在芦苇塘里吧。嗡嗡声渐渐逼近,鸟儿们惊得四下逃散。那三只黑脸琵鹭也很快从我们的视线中消失了。

朋友说,此前他们在合隆水库发现过几只黑脸琵鹭。有的摄影师为了拍到黑脸琵鹭飞行的动态画面,就用无人机来干扰、惊吓鸟儿们。他们与巡护员玩着躲猫猫的游戏,灵敏又狡猾。合隆水库是天鹅的栖息地,曾有一架无人机干扰了一队迁徙中的天鹅,几只年幼的天鹅被吓得掉了队。

6

白鹭首先发现了我们这些入侵者,陆陆续续飞了起来(白鹭警觉性高,这是琵鹭喜欢与之结群的原因之一)。我脑海里自动出现了"一行白鹭上青天"的画面,可这群白鹭四下分散,并没排成行。正纳闷间,琵鹭也警觉起来,有十几只呼啦啦一齐飞离水塘，在天空中自觉排列成稀疏的一行，偶尔斜排成波浪状。我这才后知后觉，即便是在水塘里休息，琵鹭也是自觉排列成一字形。也许，杜甫在写"一行白鹭上青天"时，也和先人一样，并不能准确区分白鹭与琵鹭。

野保专家很快发现其中一只黑脸琵鹭是环志鸟，腿上的号码为RU11，表明它被俄罗斯鸟类科学家环志于俄罗斯远东地区，根据环志记录，这只鸟5月下旬曾在庄河石城列岛出现过，按惯例，它应该在那里繁殖。庄河市石城乡是黑脸琵鹭在我国大陆唯一的繁殖地。它为什么放弃繁殖来到这里？恐怕无人能解答。

其实我们早就停住了脚步。白鹭和琵鹭飞了一阵，自动解除了警报，又落回到水塘里。有几对琵鹭用大长嘴互相梳理对方脖子上的羽毛，勺子样的扁嘴左啄一下右啄一下，它们互相配合着扭动长颈，不时变换角度，彼此为对方付出的耐心、专注、细致获得了同样的回报。看着它们笨拙又认真的样子，我心里不由得一动，那种温柔的感觉像极了热恋中痴缠的情侣。起初，我想当然地认为这是一种求偶动作，转念一想，不对啊，这群琵鹭没有一只带有繁殖羽，应该已过了繁殖期。按照惯例，每年三四月，黑脸琵鹭从台湾启程，跨越千山万水北上鸭绿江口湿地，大部分在我们这里养足体力，短暂栖息，五六月飞到朝鲜小岛或庄河繁殖基地生儿育女。每年10月前后，又长途跋涉南下台湾越冬。

同伴说，梳理羽毛，主要为祛除寄生虫。琵鹭自己梳理不到脖子上部的羽毛，逐渐就演化出了"异体理羽"的行为。即便如此，这种亲密的动作无疑建立和强化了琵鹭之间的情感纽带。

7

临近春节,有位朋友送来了两只野鸡,一公一母。我这才知道他是资深弹弓爱好者,每个星期都要到湿地去打鸟。我对弹弓的了解还停留在小时候,一根V字形木叉绑上一根皮筋,弹药是土坷垃和小石子。男孩子们比赛打麻雀,自然是打不准的,也有打碎别人家玻璃,挨父母一顿揍的。有一首原始歌谣"断竹,续竹,飞土,逐宍",大约是最早记载弹弓射击过程的文字吧,而古人以弹弓射击鸟兽只为获取果腹的食物。从前当老师时,给学生讲过《左传》中"晋灵公不君"的故事:"晋灵公不君。厚敛以雕墙。从台上弹人,而观其辟丸也。"用弹弓射路人取乐的君主,只有他一个,这种变态举止,恐怕不仅仅是残暴,最后被人杀死也算是咎由自取。

朋友说,他的弹弓装备高级着呢,花了上千块。我上网搜索了一下,如今的弹弓早就更新换代了。弹弓的广告语一针见血:激光定位,准到离谱。

天空飘起了苇絮般的雪花,冬日的芦苇塘瘦骨嶙峋。鸟儿们都去哪里了呢?它们一定也很冷吧?我又想起了我的诗人朋友。哪里是他的应许之地?曾经,我们相约一起去看碱蓬草,他还没有见过湿地的鸟儿,没有接收过海边植物和鸟浪的信息。

我去一个地方

去守候一棵小草的感情

看它是怎样用力地拥抱一滴露水

> 我去一个地方
> 去谛听一只蝈蝈的吟唱
> 听它是怎样把寂寞搬进歌声之中

这是他写的诗句。

我很想在雪地上写下一句话：大地停止了起伏，为一匹马的停顿。

沉默的大多数

喜欢鸟类的人可能读过《鸟鸣时节》，英国博物学家布雷特·韦斯特伍德在这本书中描绘了247种鸟的叫声，可谓妙趣横生。

当然，我国的文学作品中亦不乏对鸟鸣的描写。杜甫的"两个黄鹂鸣翠柳，一行白鹭上青天"，王维的"月出惊山鸟，时鸣春涧中"，算得上耳熟能详了。在传统文化中，很少有人会去探究，鸟儿为何而鸣？似乎只要是一只鸟，天生就应该百啭千声。早在唐代，为了欣赏鸟鸣，笼养野鸟就已很普遍，李白在黄山漫游时，看到一胡姓人家养有白鹇，便赋诗曰："请以双白璧，买君双白鹇。"买来干啥？李白说，要"玩之坐碧山"。笼养鸟因文人雅客的参与，渐渐绵延成一种文化。尽管欧阳修曾为此作《画眉鸟》诗慨叹："百啭千声随意移，山花红紫树高低。始知锁向金笼听，不及林间自在啼。"但这种轻描淡写的类比，对既有着绵长历史，又有着众多拥趸的笼养鸟文化来说，不过是隔靴搔痒罢了。这是另一个话题了。

一个不可避免的事实是，人在潜意识里相信，鸟儿在某种程度上是为了取悦我们而歌唱，尽管所有的证据都与之相悖。住在海边的人都知道，有一类鸟儿天生不属于笼子，不属于歌唱家。在它们眼里，那些安于自己限度之内的生活的鸟儿才总是歌唱。这些沉默的大多数，便是永不停歇的海鸟。可禽有禽言，兽有兽语，如同吉尔伯特·怀特所言："（某种）鸟类的语言非常古老，而且，就像其他古老的说话方式一样，也非常隐晦。言辞不多，却意味深长。"

1

我记得有一首古老的盎格鲁-撒克逊诗歌《航海者》，大约流传于公元700年，记载了多种海边栖鸟的鸣叫，这些鸟儿不在岸边，而是在海上，被盎格鲁-撒克逊人称为"孤身飞行者"，居住在奇妙又朦胧的世界里，半虚半实，一半属于我们熟知的世界，一半来自另一个我们陌生的国度：

> 在那里我只听到翻腾的大海
> 冰冷的波浪，还有天鹅的呼喊
> 有一只鲣鸟的聒噪让我着迷
> 杓鹬的颤音是对人类的讥讽
> 三趾鸥的叫声替代了蜂蜜酒
> 那里的暴风雨把岩柱打得粉碎

> 羽毛冰冷的燕鸥应和着它们
> 白尾海雕时常悲鸣
> 羽毛上沾着水雾

每次读这首诗歌时，我都会想起法国作家莫洛亚说过的话："时间是唯一的批评家，它可以使人们曾经觉得脆弱的声音，巩固下来。"

对我来说，第一次意识到"杓鹬的颤音是对人类的讥讽"是真实存在的，就在北黄海的滩涂上。那时我还年轻，得到了一辆被当作生日礼物的自行车。我兴奋地骑着它，沿着海边郊游，惊讶地看到了成群的海鸥和绿头鸭。在寒气还未消退之前，它们已在田野和大海上空自由漫游。海鸥就像个游手好闲的浪荡哥，它呆呆地从你的头上慢悠悠飞过，似乎对一切都满不在乎。当它黑色翅尖上的白色斑点即将变成天空中的一粒沙时，我才回味起它那高亢、甜美的"欧欧"声，尖细又清脆，粗犷又嘹亮，引人遐想，仿佛携带着高寒地区的清新气味。

在刚刚退潮的滩涂上，我的第一只大杓鹬正埋头觅食，远处的大海在上午的阳光里闪闪发光，像被擦亮的古老银器。如果你稍微留意一些，不难发现，红颈滨鹬、黑腹滨鹬、阔嘴鹬喜欢泥泞些的滩涂，大滨鹬、红腹滨鹬、斑尾塍鹬选择偏砂质的滩涂，杓鹬、翘嘴鹬偏好地势较高且有稀疏植被的滩涂。当我的第一只大杓鹬将喙从潮间带的水泽中拔出来，我被它在晨光中的剪影惊呆了。你可能见过长腿鸟，但未必见过如此长嘴的鸟儿，长达15厘米的嘴，使得它即便在以长嘴长腿为特点的鸻鹬类中，也是那么引人注目。就是从那一天开始，我被海鸟深深地吸引住了。

我们湿地的鸻鹬类中，大杓鹬体形最大。当时，滩涂上的鸻鹬鸟群大都聚在一起休息，只有这只大杓鹬在觅食，显得有点孤单和不寻常。这也暗示着，它刚从澳大利亚或新西兰飞来不久。泥滩上这些看起来不起眼的鸻鹬，都是了不起的环球旅行家，它们的旅行始于北极地区的高纬度繁殖地，终于遍布全球海岸的越冬地。从欧洲到亚洲，从美国到新西兰，从泰国到澳大利亚，到处都能见到这些灰不溜秋的海鸟。它们确实称得上流浪者中的王。我们这儿是它们的能量补给站，其中少部分会留下来，其他的则继续北飞。

我直观地在它们身上看到了某种我们的世界之外的东西，某种属于海洋和远方的东西，某种神秘生活方式的线索与暗示。我想到了波希米亚人。有一种生活永远在路上，有一种鸟儿永远在流浪。

也许是发现了我的存在，大杓鹬伸了伸脖颈，观望了一下四周，迅疾飞了起来，双翅看起来鼓动缓慢，但转瞬间羽毛便泛起了涟漪，接着是一次嘹亮的喷发。天空中只留下一串悠长的"喀－哩，喀－哩"声，响亮而略带忧伤，似乎说"一会儿回，一会儿回"，也可能是警告我"离开，离开"。李时珍在《本草纲目》中提到鹬类的鸣声，"鹬如鹑，色苍嘴长，在泥涂间作鹬鹬声"。鹬类的名字大概出自拟声。

鸻鹬类很少鸣叫。在我们鸭绿江口湿地，3月中下旬，远道而来的大批鸻鹬像一张巨大的网，笼住了潮间带，即便是数十万

鸟浪

只鹬鹬在天空飞行，形成铺天盖地的鸟浪，也很少像天鹅群聚那样，发出"嘎嘎，嘎嘎"的杂鸣声。不过，在某些时候，比如为了宣示领地，向异性表达爱意，传递食物信息，或者当掠食者出现，以及人离它们的领域太近，鹬鹬才会发出高亢而尖厉的鸣叫。它们只为生存鸣叫，为延续基因发声。

在比较偏僻的野塘，或者远离大海的滩涂，你有机会能听到大杓鹬独特的叫声。大杓鹬成群停驻在滩涂休息或觅食时，几乎无声无息。而当它们成群惊飞或成群下落时，才会发出短促而连绵的颤音，"科尔，科尔"或"喔伊，喔伊"，可能是提醒同伴，"走啦，走啦"或"跟上，跟上"之类的，它们的鸣叫音节简单，很有辨识度。

人到中年时，我读到一句令我醍醐灌顶的句子：臣服于地心引力，是至深的罪过。我人生中的第一只大杓鹬，用它的叫声提醒了我，世界有更多的可能性和开放性，冒险也是美好的必要部分。或许，在它眼里，拘囿于限定空间的人类，才是画地为牢的"笼中鸟"。海鸟引领的微妙不安的生活，我那时还并不能完全体会。

在《鸟鸣时节》中，我还读到了一段关于杓鹬的传说："有时你在夜里能听到迁徙的中杓鹬发出连绵的七音节鸣叫，正因这种叫声，它们又被称为'七啸鸟'。在英格兰中部的一些地区，这种午夜回响的七音节叫声催生了'命运六鸟'的传说。传说里这六只鸟在天堂飞翔，努力寻找它们失踪的伙伴。一旦七只鸟全部重聚，世界末日就会降临。"

2

只要我想当个假冒的哲学家，我就会到海边去，思考自由与人生。海鸟的世界就是我们的世界。有生存与竞争，有美与毁灭，也有爱与残酷，海浪和海风接纳了种种真相，而我，试图在海鸟的鸣叫声中，看清世界和自己的模样。

总体来说，鹬类的叫声如口哨，但有细微的差别。反嘴鹬的叫声像终场的哨音，略显尖锐，wii-wii；小杓鹬飞行时发出2至4个音节的"归归"声；蛎鹬的叫声"wei,wei"，快速而尖锐，属于高音区的执着者，几乎没有鹬类能与它的哨音相比。

蛎鹬在浅滩休息时，喜欢单腿直立，蹦蹦跳跳，它的腿是粉色的，足够显眼。远远望去，它们橙红色的嘴又长又粗，像有人将一根根胡萝卜戳到了它们的脸颊上，我们习惯叫它胡萝卜鹬。相比于大部分通身棕色或灰色的鸻鹬类，蛎鹬的外表与它的嗓音一样高调。

有一次，我看见一只蛎鹬在搜寻食物，被远处一只红嘴鸥盯上了。蛎鹬的长喙像刀一样刚劲有力，能插进泥滩里挖出蠕虫或昆虫，也能用喙撬开贝类的壳。这只蛎鹬刚挖出一条小鱼，甩在泥滩上，红嘴鸥便扑上去抢夺。到手的猎物，岂容他鸟觊觎？气愤的蛎鹬掉转身，猛扑到红嘴鸥身上，用胡萝卜嘴狠啄红嘴鸥的头部，红嘴鸥毫无招架之力，翅膀无力地耷拉着，头被蛎鹬的爪子狠狠踩住。附近的几只蛎鹬在一旁助威，发出急促的短哨音，"wei,wei"，我猜，它们大概是喊"加油，加油"或"揍它，揍它"。红嘴鸥忍不住叫了起来，它的叫声像鸭子，又粗又喧闹，且非常单调，"嘎，嘎"或"哈，哈，哈"，得个"笑鸥"的别名也算名副其实。蛎鹬对红嘴鸥哼哼唧唧的求饶充耳不闻，哨音的频次更短促，音量达到一种癫狂状态，伴随着这种撕裂耳膜的高音，胡萝卜鹬更为亢奋，将红嘴鸥拖到水边，啄掉几根掠食者的白羽，甩到风中。几只助威者绕着厮打的双鸟，紧步疾走，像要炸裂的种子。

  5月，你会听到繁殖期的蛎鹬那警惕的叫声。河滩、沙地、草丛、砾石坑，甚至犁过的农田，都可以是它们的筑巢地。在鸻鹬类中，蛎鹬属于好鸣好斗者。蛎鹬有强烈的护巢和恋巢行为。在郊区的一片芦苇塘外围，有一块足球场大小的荒地，如果你留意一下，会发现泽泻、盒子草、海韭菜、斑地锦草以及碎米莎草和苋草的零星身影。有十几只蛎鹬在此结伴筑巢。它们在沙土里挖个浅坑，随意布置一下，便毫无顾忌地开始排卵。它们有很强的领属意识，用碎石围在巢外。有时，游隼会路过它们的领地，偶尔会"呱呱"几声，吓得蛎鹬每次回巢，都要在离巢穴几十米的地方颤叫几声，以试探有无危险。渐渐靠近后，还要在巢周围边鸣叫边走来走去。它们的担忧既显而易见，又合情合理。

危险当然是有的。一只白尾鹞从芦苇塘里飞出来，误打误撞，闯入了蛎鹬的领地，猛禽大多鸟狠话不多，想听到它们的鸣叫很难。白尾鹞也只有在繁殖期间才会应和鸣叫，声音如响亮的犬吠，"咳了，咳了，咳了"。此时的白尾鹞孤单一鸟，大概还没有寻到合适的伴侣，像只爱情中的失意鸟，失去了发言权。蛎鹬一声尖锐的哨音立即提醒了同伴，几乎所有的蛎鹬都扑过来，它们支棱着翅膀，发出短促而高亢的尖叫，完全忘掉了白尾鹞猛禽的身份，而白尾鹞寡不敌众，被一群蛎鹬追得东奔西窜，甚是狼狈。俗话说，双拳难敌众手，恶虎还怕群狼。这只白尾鹞将来回忆起这段经历，恐怕还会羽毛倒竖，心有不甘吧。

蛎鹬雏鸟出壳后即会独立行走，这些活跃的小家伙不会待在巢里，能够马上找到隐蔽处，并且，它们很快就学会了保护自己，一旦感知到危险，无论是人、野狗还是喜鹊无意间闯进它们的领地，雏鸟们都会发出响亮的哨音。

3

东方白鹳的数量正在上升，拍到它的摄影师越来越多。它身形挺拔，身高超过一米。由于身材高大，它们起飞时需要助跑一段，边跑边扇动翅膀，飞行时，翼展超过三米，黑色的翅尖完全打开，与全身白色的羽毛形成鲜明的对比，翩翩美妙，动人心魄。10月，在鸭绿江口湿地核心区，我看到了上百只东方白鹳，它们应该来自俄罗斯远东地区或我国东北的繁殖地，停留在此地,"乐不思蜀",还没有向越冬地长江流域迁徙。

12月中旬,在黄海北岸228国道,我们又惊喜地发现了十几只东方白鹳。与鸟界众多歌唱家不同,东方白鹳不仅不会唱歌,还不会鸣叫,它们是真正的哑鸟。因天生没有能发声的鸣管,它们大多时候宁静沉默。

在鸟界,有很多鸟儿堪称顶级的"口技大师",它们拥有复杂发达的鸣管,能唱出婉转动听的曲调,是名副其实的"歌唱家"。八哥、鹦鹉、鹩哥等甚至可以学会哼唱一首完整的曲子,不仅如此,有一些鹦鹉和八哥还能模仿人类的语言,发出抑扬顿挫的声音。这样的优势,反倒让它们成了笼养鸟的首选,失去了自由。

不会歌唱,让海鸟免于鸟笼之灾。

不过,对其他不会唱歌的鸟类而言,可能有另一种危机。在澳大利亚南部,有一种王吸蜜鸟,近年来数量急剧下降,面临灭绝。原因竟然是一些幼鸟找不到年长的同类来教它们"唱歌",幼鸟只好模仿其他各类鸟的叫声,丢失了自己的本土语言,这些鸟无法学会求爱以及其他进化需要的鸣叫声。它们试图通过模仿其他鸟类的叫声来弥补,但由于雌鸟并不容易被陌生的旋律打动,求爱注定失败。

幼年的东方白鹳在索食时会发出微弱的"叽叽"声,到成年反而就不会叫了。小时候,我爸常指着在天空翱飞的东方白鹳,对我说,这是一种神鸟,你看啊,它飞得那么高,我们都看不清楚它,可是,如果现在地上有一粒黄豆,它都看得清清楚楚的。更神奇的是,如果有一只东方白鹳在某处找到了一条小鱼,你就等着看吧，十几分钟后，它的伙伴们，几十只，甚至上百只，就都飞来了。可明明它们是哑的啊，是靠什么传递消息的呢？

老子言，"大音希声"。《易经》也有类似的句子，"吉人之辞寡，躁人之辞多"。有智慧的人，很少高谈阔论，而肤浅愚笨之人，往往喋喋不休，喜欢卖弄。鸟界大概也是这样，真正厉害的海鸟应该不会像麻雀那样叽叽喳喳，而是如同东方白鹳，懂得韬光养晦，隐而不露。它们从不会出现在喧闹的海滩，它们远离人群，自得其乐。知进退，当行则行，当止则止。

东方白鹳虽不会鸣叫，但它有一种独门绝技。一旦猛禽、猛兽或人靠近，它意识到危险，就会变得异常胆怯和机警，上下嘴壳会急速地互相敲打，坚硬的鸟喙碰撞，发出低沉而清硬的"嗒嗒嗒"声：有时持续，像快速的打板声；有时短暂，像摇动骰子的脆响。它的脖子会伴随着敲击声，使劲向上伸直，头用力向后仰，再伸向下，左右摆动，翅膀半张开，尾巴向上竖起，不停地走动。胆小的入侵者听到响亮的"嘴炮"声，就会被吓跑。如果这一系列恐吓动作仍不能阻止对方靠近，东方白鹳就会展开双翅，飞离危险区。它不像蛎鹬和白额燕鸥那样好战，也不像游隼和白尾海雕那样勇猛。在大型海鸟中，它是优雅的绅士，斯文的君子。

嬉戏、觅食时，东方白鹳举止缓慢，不慌不忙，在水边或滩涂漫步时，鲜红色的大长腿一前一后，步履轻盈。休息时，排成整齐的一行，单腿直立，不声不响。鸟运好的话，在气流的作用下，你会看到难得一见的"鹳柱"，即鹳群盘旋而上，像一根鸟柱伸向天空；成群飞下来的时候，也许会形成"鹳瀑"。我曾有幸见过"鹳柱",场面之壮观,令人久久难忘。

处于恋爱期的东方白鹳会展现情侣间的一种独特行为:它们会面对面,嘴对嘴,一起敲击自己的喙,"嗒嗒嗒,嗒嗒",通过这种吵闹而亲密的同频动作,表示着对彼此的钟爱之情。接着,两只鸟儿同时把自己的脖颈向后仰,一直仰到与身体平行,像弓一样,横贴在背上,像芭蕾舞演员练功时轻易将大腿竖至头顶。这是东方白鹳最喜欢做的一个动作,表示欢迎、喜欢或亲昵。对一般的鸟类来说,这样的高难度动作不可能完成,而东方白鹳游刃有余。打嘴过后,雄鸟会跃上雌鸟的背部,完成交配。我观察到,东方白鹳喜欢群居,会经常性地做一些同频动作,比如同时啄后颈的羽毛啦,同时后弯脖颈啦,同时左顾右盼啦,同时散步啦,等等,以显示它们之间的默契。

东方白鹳不会鸣叫,也许是要告诉我们,爱和忠诚,是要用行动表达出来的。

碰见旧相识,东方白鹳也会打嘴,表示相识和友好。打嘴有一套相对固定的程式:头后仰至背,向上并叩嘴,嘴向前至体平,再向左向右,再回中间至体平,不停地叩打嘴壳。打嘴的时间有长有短,节奏有疾有徐,有时轻快干脆,有时凝重沉郁。人类到目前为止,还没有能力破译它们神秘的"语言"。

4

海鸟是海上与风中的神,是唯一一类在陆地、海洋和天空都能自由自在生活的精灵,一直让人类着迷。而它们之所以让我们着迷,《海鸟的哭泣》一书给出了答案,是因为它们让我们看到了我们自身最好与最坏的模样,它们的信条是我们自身习性的另一个版本。

鸻鹬类有一个美丽的昵称——"风鸟"。写过《风鸟皮诺查》的作家刘克襄认为,鸟类学家取的这个别号与鸻鹬的习性有关。"在候鸟遥远、漫长而又极具危险的迁徙过程中,鸻鹬水鸟始终展现神秘的飞行、奇特的鸣叫。这种随风来去的诡异行为,一直引发人类对自然产生无限的遐思,无尽的冥想。"

在湿地的鸻鹬类中,环颈鸻身量矮小,是我们这边最小的鸻鹬,在斑尾塍鹬或黑翅长脚鹬身边,像个小跟班。这个毛茸茸的小圆球,给人以可爱的不真实感。走路的姿势远看像麻雀一样,实际上别看它两只小腿迈着飞快的小碎步,急速奔走时上半身却能保持不动,不会像小鸡一样左右摇晃,是货真价实的短跑健将。

早春的海边,空气湿冷,退潮后的滩涂寂静而泥泞。小嘟噜蟹的洞穴一个挨着一个,潜藏在泥洞里的小嘟噜蟹极度渴求晒晒阳光,来回升体温。然而,刚钻出洞穴的它们,不知危险近在眼前。虽然鸻鹬类大部队追随潮头去了另一片海域,但仍有迟来的孤鸟在此盘桓,对小嘟噜蟹们虎视眈眈。我望着空旷的海滩,观察着零星的鸟影。就在这时候,一个只有手掌大小的身影映入我的镜头里。它向着岸边一蹦一跳地走来,近了,近了。我终于看清楚,那是一只独腿的小环颈鸻。我惊呆了。是什么原因让它失去了一条腿?人类的捉弄,天敌的戕害,还是一场意外?身强力壮的鸻鹬尚且有可能在遥远的迁徙途中葬身大海,失去了一条腿的小环颈鸻，如何能从遥远的越冬地来到我们这里，它又如何跟随大部队飞往更远的北方繁殖地？

我看着它觅食，它一声不吭地低着头，专心地寻找猎物，边跳边啄食，不时用嘴啄一下颈后的羽毛。突然，它发现了什么，用独脚拍打着泥滩。对嘟噜蟹来说，环颈鸻眼疾嘴快，算得上庞然大物，一旦狭路相逢，几乎难逃厄运。这只不幸的嘟噜蟹同时发现了它的狩猎者，立即隐身到泥水里，并顺势用大螯把水搅浑。可一只腿的环颈鸻并未放弃，它用锋利的小嘴咬住嘟噜蟹的大螯，将它拔了出来，一条腿蹦跳着快速离去。我放下了望远镜，一股别样的情绪涌上心头。可以想象，将这只坚硬的蟹吃掉，对一条腿的环颈鸻来说也并非易事。更令我担忧的是，行动受限的它，如何躲开天敌的抓捕？

环颈鸻也像其他的鸻鹬类一样，坚守"沉默是金"的信条，讷于言而敏于行。它的叫声简单到只有一个轻柔的单音节升调，"biu~"或是"pik~"。可能只有在危急时刻，你才能听到它的叫声。

环颈鸻雄鸟的数量是雌鸟的六倍，通常是雄鸟单独育雏，这在鸟类中极为少见。环颈鸻还有一个有趣的行为，在繁殖期间，虽能保持一夫一妻制，但雏鸟孵化出来后，如果遇到了别的异性，很快就移情别恋，抛夫（妇）弃子。环颈鸻这种"相互算计"的两性冲突，在我看来，根源可能在于它们的孵化成功率极低。见异思迁有可能是它们为了延续更多后代，传承基因的一种本能。

在一处零散湿地的转弯处，我听到火车车轮与铁轨摩擦的轧轧声，一会儿叹着气远去了，一会儿又呼哧呼哧地近起来了，像海鸥在扑打海水。有一对环颈鸻夫妻将巢筑在靠近铁轨的一边，白额燕鸥是它的邻居。白额燕鸥被称为"海上精灵"，是高尔基笔下勇敢的海燕。一个大风天，环颈鸻的一枚卵被吹到了白额燕鸥的巢里，并被白额燕鸥孵化了出来。

寡情的环颈鸻亲鸟，竟没有抛弃自己的孩子，它们找各种机会靠近亲子，但白额燕鸥与它的亲戚普通燕鸥类似，领地性较强，也是对后代关怀备至的鸟类。离巢活动时，紧紧防范着。白额燕鸥亲鸟牢牢盯着四只幼雏，三只亲生的，一只代养的。它的亲幼雏头顶部褐白斑驳，后枕黑褐色，上体灰色。而鸻类的幼鸟有不成比例的大而圆的脑袋，非常短的喙和强壮的腿脚，全身布满密集的短绒毛，身体前部呈现卵石状花纹，后部偏白有黑色条纹，尾后常有轻微膨胀，后颈部几乎总是白色，由暗色的粗横纹将其与斑驳的头顶分开。从远处看，最显眼的是它们的深色颈圈，一旦听到父母发出的警告声，就会把脖颈向下缩隐藏颈圈。

环颈鸻亲鸟只能眼看着骨肉近在咫尺，却无法相认。

那只不知内情的幼雏，对亲父母疯狂输出的热情置之不理，反而亲昵地钻到养母的翅下，或干脆躲到养母的巢里。环颈鸻亲鸟再也忍不住了，两对父母厮打起来。环颈鸻体长、体重都略小于白额燕鸥，与白额燕鸥相比，算得上"环肥燕瘦"。

这对环颈鸻亲鸟为了夺回亲子，异常勇猛，扑棱着翅膀，用喙去敲啄对方的头部，同时，单音节的鸣叫由绵软无力变得急促激愤。白额燕鸥也不甘示弱，如俯冲轰炸机一样连续飞扑迎战，它的叫声同样激烈而嘈杂，只不过比环颈鸻的哨音多了一个音节,"吱吱,吱吱",显得底气十足,独特响亮,绵长婉转。儿女动心肝,夺子大战中,没有任何一方认输。

白额燕鸥和环颈鸻可以混居在一起(白额燕鸥有时也与金眶鸻混居),是因二者食性不同,避免了种间斗争。白额燕鸥亲鸟叼回一条新鲜的小鱼作为晚餐,但环颈鸻幼雏将头扭向一边,它天生的食性无法改变,拒绝小鱼小虾的小环颈鸻,独自一鸟去巢边的草丛里觅食,它的食物主要是昆虫、蠕虫、植物的种子和叶片。也许,终其一生,幼雏也无法认出自己的亲父母。

海鸟是来自另一个世界的天使,短暂停留在我们身边,它们流动、漂浮、居无定所,呈现出自然世界的另一种模样。这些"来自彼世的造物,用它们所有的脆弱性提醒我们生存的美丽与神秘"。

5

白骨顶鸡与野鸭和小䴙䴘一样,是我们这里的第一批来客。它是一种全身呈炭黑色的矮胖游禽,长着白色的喙和额甲,白额甲是它们的身份证,也是它们彼此相认加入群体的"投名状"。这种黑白分明的面部特征很有趣,仿佛京剧中的"包公"脸谱,更像是一只秃头的鸭子,只不过嘴是尖的。英国有句俗语,"头秃如骨顶鸡",便由此而来。如果要进行鸟类选美比赛,白骨顶鸡恐怕在起跑线上就输了,它们的幼鸟嘴和额是红色的,头部两侧的绒毛红黄蓝潦草混杂,身上的黑色绒毛稀疏毛躁,而且,幼鸟生来就秃顶。

在我们海边，白骨顶鸡因毛色黑，得了个更贴切的外号，叫"阴暗鸡"。它们一生的大部分时间都待在开阔的水域。有时，一群白骨顶鸡在水面聚集，会形成一股黑色的波浪涌来涌去，整个河面，甚至天空都变得阴暗了。我曾看见一只在雪地上行走的白骨顶鸡，几乎被它阴暗的步伐笑死。它像一个背着手驼着背的老巫婆，吧嗒吧嗒趔趄着向水边奔去，你眼看着它助跑起来，以为要飞起来了，却见它倏地蹲下了，用自己的羽毛暖脚，看来，在冰面上起飞太难了。可它不服气，又暗戳戳地扑棱着翅膀跑起来，这下好了，不仅起飞失败了，还打了个咪溜滑，它顺势一蹲，再暖暖脚。这时，它竟然转头看向我的方向，用血红的眼睛瞥了我一眼，像极了我小时候雪天滑倒，慌张四顾时的窘态。快到水面时，它单腿蹦跳着跑起来，仿佛雪会烫着它的脚，或者把它的脚粘住似的，而被它击起的碎雪形成一条闪着光的雾带，像喷气式飞机拖着的长长尾迹。只要有不结冰的湖泊，它们就能找到食物，就愿意留在我们这里过冬。

白骨顶鸡长着一对有肥厚蹼的花瓣脚，游泳比红骨顶鸡快得多，真是叫着鸡的名字，过着鸭的生活。它可以像绿头鸭那样，头下尾上，直直扎进水里觅食，像专业的潜水运动员。白骨顶鸡看起来圆乎乎的，但体重很轻，在水中浮力大，探入水下后能轻松返回水面。在地上行走时，瓣蹼便收起来，可以保持灵活性。最重要的一点是，打架时瓣蹼可变为利器。

白骨顶鸡是出了名的好斗者，也是鸟界少有的经常会因争斗致死的鸟类之一。这与它圆润憨厚的呆萌外表完全不能匹配。所谓海水不能斗量，鸟儿不可貌相。在繁殖季，白骨顶鸡无论出现在哪里,都会引发一番打斗,它们都想将理想的筑巢区域据为己有。两只白骨顶鸡相遇时,通常先装作若无其事,用自己的叫声警告对手,"别瞅我啊,你瞅我干啥?"另一只当然回以尖叫,"就瞅你了,瞅你咋的?"在靠近的刹那,双方像听到了发令枪一样,同时起势,飞快地用尖利的喙啄对方的嘴,几乎同时,跳起来飞踹对方。小试身手之后,双方假装休战,假装无意识地再次靠近,果不其然,又是一轮飞踹啄嘴。打架打累了,它们会使出躺平的招式,后仰着身体,从水里伸出那对夸张的花瓣爪子攻击对方,直扑腾得水花四溅。更为有趣的是,一只白骨顶鸡路过战场,你没猜错,它参战了,对手是谁不重要,重要的是可以打一架。别问原因,问了,它可能会说:"遇都遇上了,不干一架,显得多不合群。"白骨顶鸡不仅经常内讧,还敢与苍鹭、天鹅打架斗殴。英国《每日邮报》曾发布了一组白骨顶鸡勇斗秃鹰的照片。秃鹰竟然被白骨顶鸡按在水里淹死了。我不由得想起泰德·休斯的诗句:"它们又成功了,这意味着地球还在转动……"

在非繁殖季,白骨顶鸡基本不鸣叫。白骨顶鸡的叫声种类有限,短促单调。发怒时,是爆破式的单音节,"嘎,嘎"或"咔,咔",去声有力,略刺耳,像高跟鞋敲击石板路,冒着火星;悠闲时,是连续嘈杂的"咔,咔,咔",有趣机灵,如同运动员跑步时,教练喊的口号,"一,一二,一"。白骨顶鸡的叫声更多是为了繁衍后代,而不是日常交流。

一旦确定了筑巢地点,白骨顶鸡夫妻就直奔主题。踩蛋结束后,它们团结合作,先收集树枝搭建根基,白骨顶鸡一边忙碌着,一边轻松地"咔,咔"鸣叫几声。根基打好后,它们弯折芦苇、蒲草等水生植物，搭建一个简陋的圆台状浮巢，巢会与芦苇和水草纠缠在一起，当水面不断上涨时，白骨顶鸡会匆匆忙忙地加高巢位，以确保自己珍贵的卵不被水淹没。

一只白骨顶鸡想走捷径，到小䴘䴘的浮巢里偷树枝，好巧不巧，叼着树枝的小䴘䴘正好回来了，四目相对，双方都愣住了。这真是一个小型社死场。小䴘䴘在繁殖季节，算得上野塘里相当炫目的鸟儿了。它总是行踪不定，要么潜伏在芦苇中，要么潜到水下躲避人类的观察。莎士比亚曾为小䴘䴘写下诗句："像潜水的小个子那样/透过浪花瞥了一眼/看见有人张望/就又钻入了水底……"白骨顶鸡和小䴘䴘互盯着对方，一动不动，一声不吱。小䴘䴘张了张嘴，可并没发出像小矮马嘶鸣一般的叫声。动爪啊，互撕啊，看得我都尴尬着急了。毕竟是做贼被抓了现行，白骨顶鸡自知理亏，准备溜掉，可贼不走空啊，它嘴疾眼快，在小䴘䴘眼皮底下，理直气壮地抽了人家巢里的一根树枝跑掉了，偷窃演变成了抢劫，只留下一脸蒙的小䴘䴘。

孵卵季节，野塘安静下来了。一对白骨顶鸡将巢建在离岸边很近的地方，一天产一枚卵，一窝产了十枚卵，真算得上鸟类中的产卵大王。雌白骨顶鸡正在孵卵，雄白骨顶鸡在周边警戒。一对大天鹅带着幼鹅从远处缓缓游来，七只小鹅被父母护在中间。雄白骨顶鸡慌了，它定了定神，凝视着大天鹅，白骨顶鸡跟大天鹅幼雏的大小差不多，可它为了护巢，完全不惧怕对自己来说是庞然大物的对手，猝不及防地向一只大天鹅冲去，一下子用力过猛，扑到了大天鹅的身下。另一只大天鹅将小天鹅们护在身后，扑扇开宽大的翅膀，脖颈用力向前伸，欲啄白骨顶鸡。白骨顶鸡临危不怂，一边扑腾翅膀，一边凶狠地盯着冒犯者。好鹅不跟鸡（白骨顶鸡真不是鸡）斗，可能是大天鹅心情好，吓唬了白骨顶鸡两下，就带着儿女离开了。这对我来说，是有益的一课，它告诉我，大自然并不总是循规蹈矩的。

海鸟也许是世界上最奇特的生物之一了。它们有共通的欲望和诉求，每种海鸟又都有自己的专属性格。白骨顶鸡天性霸道、凶狠。对待敌人，手脚并用，自不必说。即便是对待自己的亲生仔，也绝不手软。如果食物不够充足，为了减轻负担，白骨顶鸡就会挑选体弱、貌丑的宝宝，无视它们"吱吱"的乞食声，亲自动手把它们摔死，啄死。鸟类的生存法则，残酷又现实。

当你的世界摇晃时，请抬起头，记得海鸟们还在扇动翅膀，在风中沉默地飞向远方。正如艺术家罗杰·托里·彼得森所言："事情的真相是，没有我们，鸟儿们也可以生活得很好。但我们许多人——也许是所有人——会发现，没有鸟儿，生活是不完整的，甚至是几乎无法忍受的。"是的，无论过去，现在，还是将来，都是如此。

神兽不惊的地方

如同托马斯·哈代所言，凡是有鸟儿歌唱的地方，也都有毒蛇嗞嗞地叫。鸭绿江口湿地既是鸟类的天堂，亦是豹猫、貉、野猪、黄鼬、狍子、赤狐、獐、狼等神兽出没之地。这充满野性的生态系统，难道仅给我们提供了获得美和顿悟的某种渠道？黑暗中，鸟儿们竖耳细听，豹猫像庄园主一样巡视领地，野猪在软泥里翻找食物，貉拖着肥硕的尾巴东嗅西闻，远东刺猬棘刺竖立，像个刺球，而黄鼬如一条金黄的围巾携风滚动，一种神秘的秩序仿佛星群密布。

黄鼬

野塘沉静下来，群鸭和豆雁不知飞往何处，偶尔掠过一只苍鹭，也被逆风缝住了口。空气中满是芦苇的苍味，风从我的耳边疾速掠过。刚下过一场冷雨，我们从大路拐进芦苇塘间的堤坝，被抽去了筋骨的堤坝，半僵半塌的，每走一步，我们的鞋子都增加了一点重量。

"看，这是黄鼬的脚印。"

疲倦的几人立即停了下来。脚印呈长圆形，又小又稀。

"好像梅花掌呀。"

"是黄鼬返回的足迹，离它的洞应有一段距离。"

"真的吗？"

"黄鼬刚出洞时，小心翼翼，脚步迟缓，足印密而重叠，而返回时飞速跳跃，足印轻而稀。"

有道理。如果不是这场雨，怕是连这小小的踪迹也很难发现。在湿地的兽类中，黄鼬只是个寻常角色，不过，白天极少能与之偶遇。

秋意阑珊，冬已从枯萎的野地探出头来。有成片的芦苇被割下来，机器将其打成一垛垛标准的苇捆，而失去了芦苇的苇塘空荡荡的，有些萧瑟。几个男人正在货车前装苇捆，那是印刷厂的货车。

"割了芦苇，苇莺和苍鹭怎么办呢？"

"那些野兽要藏到哪里去呢？"

"不会都割掉的。有选择的。"

"割芦苇时，野兽会跑出来吗？"

"当然啦，狼、野猪、野兔、野猫、野狗，都有。"

"赤狐呢？獐呢？狍子呢？貉呢？见过没？"

问得多了，男人们扭过身去，专心干活，不再接话了。

春天时，我们在一丛柞树的旁枝中隐藏了一台微型运动相

普通燕鸥护巢

机,正迎着一处普通燕鸥的巢,想记录普通燕鸥喂养幼雏的过程,没想到,竟拍到了普通燕鸥全家被黄鼬屠杀的惨况。

  说起来,这只普通燕鸥的繁殖之路真是艰难多舛。第三枚卵还未孵出时,一只凤头䴙䴘占据了它的巢,并把孵出的两只幼雏扔出巢外,好在普通燕鸥夫妇联手反抗了入侵者,一场异常激烈的打斗之后,赶走了凤头䴙䴘。暮色时分,天虽未黑透,但整个湿地已被黑灰色笼罩。萧萧风声已止息,唧唧虫鸣时续时断,偶尔几声鸟叫,像谁家孩子梦里的呻吟。一只黄鼬不知从何处闪过来,像墙根下的影子一样,偷偷跳到普通燕鸥的巢里,燕鸥妈妈正护着三个宝宝在休息,冷不防迎上黄鼬发着绿光的眼睛,一下子呆住了。没等燕鸥妈妈醒过神来,黄鼬已伸长脖子,越过三只幼雏,咬住了燕鸥妈妈的喉咙,燕鸥扑棱着翅膀,试图反抗,但黄鼬比它速度更快,连续撕咬了几口之后,燕鸥瘫在巢里,完全失去了抵抗能力。转头间,黄鼬对三只幼雏下手了,这三只幼雏刚出壳不久,孱弱无力,没有丝毫鸟生经验,即便有,又能如何呢?黄鼬将幼雏们咬死后,开始一只一只往它的洞穴搬运,待它叼起第二只幼雏时,燕鸥妈妈从巨大的痛苦中苏醒过来,它用尽最后的力气,挣扎着动了动翅膀,灼热的痛苦烫得它浑身发抖,恐惧感像雾一样渐渐散开。黄鼬瞅了一眼燕鸥,丢下幼雏,再次张嘴咬住了燕鸥,像丢一块抹布一样,将燕鸥甩来甩去,直到它再也没了声息。被灭了门的普通燕鸥一家,没几分钟就被黄鼬搬运一空。

黄鼬有个尽人皆知的俗名叫黄鼠狼。在传统文化中,黄鼠狼可谓声名狼藉,是永远的反面角色,比如"黄鼠狼给鸡拜年——不安好心""黄鼠狼下耗子——一窝不如一窝""黄鼠狼落难——作恶到头了"……

而与黄鼬不善的名声相悖的是,它身上笼罩着浓厚的神秘色彩。在我的记忆中,我们这地方的人都尊称它为黄大仙儿。邻家有张供桌,专供着黄大仙的牌位。传说它既能知前生又能断后世,谁要是跟它对视一眼即会被附身。而被附身的人,我们叫"接仙儿",这个人从此以后就被黄大仙操纵了心智,成了黄大仙的代言人,可以"上仙儿"给人"看事"或"看病",民间谓之跳大神。在那个知识匮乏的年代,动辄就有人声称自己"接仙儿"了,只要能说出个子丑寅卯,何愁不门庭若市、财源滚滚?

我妈常跟我念叨,要敬着黄大仙,不可得罪,它有灵性,通人语。我家那时住着几间草房子,西厢房里放着一堆碎木头,有一只黄鼠狼常栖身在那儿。我妈说我五六岁时，身体弱，曾被黄大仙短暂附过身，有一天晚上怎么也不肯睡觉，无缘无故大哭起来，说有狗挡住了门，自己进不了家门云云。还好我爸反应快，说是他把一张狗皮挂在西屋门边，待他快步去把狗皮取下来，我也就破涕而睡了。这个情节经过我父母的不断演绎增补，加之时间的发酵，几乎定性成一桩不容置疑的奇事。

第二次见到它，是在某个清晨。我刚打开房门，猛地就撞见了它。它像人一样直立着，两只前爪平举在脸前，像小孩子讨赏钱要作揖时的预备动作，瞪着一双圆溜溜的眼睛，直视着我。看着它狐狸一样妖媚的眼神，我的大脑有两秒钟的休克。在民间有一种说法，黄鼬在修行即将圆满时，会向遇到的第一个人作揖，并用人语问：你看我像人不？若此人回说像，它就会修行成功，化为人形；若此人说不像，它之前的修行便功亏一篑，从此它就会记恨和报复此人。那一刻，想起我妈的叮嘱，我哆嗦着小声对它说，大仙啊，你快回西屋待着吧，别出来吓唬我了。它也许听懂了，盯了我一会儿，如一股黄烟蹿进了木头堆里。

"黄大仙"这个称呼大约起源于我们东北满族的萨满教。萨满教相信万物有灵，供奉"狐黄白柳灰"五仙，即狐狸、黄鼠狼、刺猬、蛇、老鼠。随着科学的普及，黄鼬的仙气早已散尽，动物学家已揭开了部分秘密。在受到威胁或遇到危险时，黄鼬会释放一股难闻的臭气，这种气体会刺激到一些体弱或精神状态不稳定的人，使其患上精神类"癔症"，胡言乱语。另有一类人，长期受传统鬼神文化浸淫，加之不断自我暗示，也会成为"接仙儿"之人。

以前的村庄，黄鼬咬死鸡鸭的事情十分常见，而被妖仙化的黄鼬，很少有人去伤害它，即便鸡鸭被祸害，主人不敢怒亦不敢言。我家西厢房的那只黄鼬，后来不知被什么东西咬断了一条腿，躲到厨房的水缸空隙里瑟瑟发抖，我妈说尽好话把它哄出来，让它另寻出路，至于它后来的命运，我们终究无从知晓。

鸭绿江口核心湿地封闭以后，鸟类和兽类的数量都明显增多了。黄鼬有时在大白天也会出来溜达一圈。被称为"捕鼠能手"的黄鼬，食性驳杂。在湿地，鱼类、鸟卵、水鸟、昆虫、野兔等，都是它的猎食对象。像猴子一样灵活狡黠的黄鼬，在与同类争抢地盘时，腾挪闪转，眼疾腿快，它甚至还可以像体操运动员那样倒挂在树枝上攻击对方。它还常常捕杀超过其食量的猎物，嗜血凶猛的性情与它软萌柔媚的外表极为不搭。

即便如此，黄鼬也有失了锐气、不堪一击的时刻。

在一片芦苇塘外，一只苍鹭在浅水处吞吃一条鱼，吞完鱼后，仍觉意犹未尽，便退回到芦苇丛边，站在浅水区，长时间一动不动，双眼紧盯着水面，等待新的猎物。苍鹭在涉禽类中属于大型水鸟，头、颈、腿都很长，它像游隼一样，对捕猎极有耐心，可以数小时等待猎物上门，我们海边人给它取了个外号叫"长脖老等"。

远处一只黄鼬闻到了鸟气，爬到树上，借着树枝的掩护，贼里贼气地偷偷观望，想寻机偷袭苍鹭。谁知，黄鼬的诡计早已被苍鹭识破。可识破不说破，苍鹭做出一副泰然自若、毫不知情的样子，时不时用嘴梳理一下羽毛。它知道，最大的蔑视乃是无视。

一只海鸥飞来,在水面逡巡不去,黄鼬瞅准时机,箭一样射出去,潜游到海鸥旁边,一嘴就咬住了海鸥的咽喉,并将海鸥的头死死摁在水里。海鸥虽会游泳,奈何脖子被黄鼬咬住不松口,只能徒劳地扑扇着翅膀,怎么也挣不脱黄鼬的控制,只一会儿,就停止了扑腾。黄鼬争分夺秒,在水底用头拱着海鸥向岸边游去,死去的海鸥翅膀涣散着,像一片破碎的云朵在水面漂移着。哪知,螳螂捕蝉,黄雀在后,天空中一只游隼正巧路过,它以战斗机般的速度俯冲下来,如一道闪电劈开了空气,刹那间,锋利的爪子一把抓起海鸥就刺进了天空。头顶的水面忽地亮了,到手的猎物竟不翼而飞,黄鼬一下子蒙住了,它不知道究竟发生了什么,它更想不到的是,致命的灾祸正在不远处等着它。

不觉间,它已游到了苍鹭附近。这可真是送食上门,岂有不吃的道理?苍鹭伸出它引以为傲的大长喙,一下戳中黄鼬的胸口。黄鼬鬼精灵敏,立时反应过来,顺势抱住了苍鹭的前喙,身子蜷悬了起来,试图阻止苍鹭的再次刺杀,苍鹭对它的示弱伎俩不屑一顾,腿都没有挪动一下,大长喙一下接一下猛刺黄鼬的身体,黄鼬像一条小老鼠,四只爪子紧绷在胸前,长尾巴柳枝般摆来摆去。可苍鹭最后的一刺直接让它送了命。苍鹭的下喙直接穿透了黄鼬的脖子,使得黄鼬整个身体吊在苍鹭的下喙上,像一条待烤的鱿鱼穿在铁钎子上。失去了生命的黄鼬完全放松了,四肢耷拉下来,细软的腰身拉长成一个叹号。苍鹭甩了几下,将黄鼬从下喙甩脱,又快速叼起,随后苍鹭将自己的长喙当作一条输送带,将黄鼬头部转到喙前,尾部转到喙后,一口一口将黄鼬整个吞下。

这只黄鼬彻底进入了黑暗之中。

獐

在一条条神秘的小路上

许多人从未见过的野兽在出没……

——普希金

在湿地中，獐是种奇异的动物。它似鹿非鹿，似麝非麝，似狍非狍，主要沿着水系分布。古籍记载，在新石器时代便有其身影。《说文解字》的解释是："獐也。似鹿，獐性惊，又善聚散，故又名麇，一物二名也。""善聚散"并不准确，獐不喜群居，有点社交恐惧症，大多独居或成双出现。实际上，它是一种小型的鹿科动物。最原始的鹿科动物，据说是没有角的，跟獐模样接近。《淮南子》里有"鹿之上山，獐不能跂也"句，佐证了獐比鹿要矮小，也没有鹿跑得快。在古书中，麇一般指的是獐，注释中常见。五代马缟《中华古今注·獐》有句，"獐，有牙而不噬，一名麇獐，见人惧，谓之章憁"。

獐的尾巴极短，又被厚厚的臀毛遮掩，看起来就像没有尾巴，我们海边人都叫它"无尾鹿"。《梦溪笔谈·权智》里有一则故事——"王雱辨识獐鹿"。"王元泽数岁时，客有以一獐一鹿同笼以问雱：'何者是獐，何者是鹿？'雱实未识，良久对曰：'獐边者是鹿，鹿边者是獐。'客大奇之。"此故事不仅印证了獐鹿同源，且令我疑心，可能到宋代时，鹿还是没有角的，故而獐鹿难以分辨。王雱是王安石之子，小小年纪便出诡辩之语，亦属聪明有智。

在颜值方面，獐颇有争议。《旧唐书·李揆传》有句："龙章凤姿之士不见用，獐头鼠目之子乃求官。"与"鼠目"并列的当不是什么褒词，比如贼眉鼠眼、鼠目寸光之类的，几乎等同于相貌猥琐又丑陋。雄獐的上犬齿发达，突出口外成獠牙，最长可达8厘米，听起来好像不美。有尖锐獠牙的大多是肉食动物，是为了方便杀死猎物和撕咬食物。而獐明明是食草动物，为何偏要装成食肉动物？雄性的长獠牙不用于御敌，只用于内讧，且其长獠牙可倒可立，进食时，獠牙倒伏。战斗时，獠牙立起。雄獐领地意识极强，若有别的雄性入侵属地，双方会用獠牙作为武器拼杀。獐有着毛茸茸的圆耳朵，眉眼呆萌，长獠牙实际上并未增加其含丑量。换一个角度来推断，古代的獐家族，大概率并不像现在这样珍稀，可能数量过于庞大，物以多为贱，故人类并不待见它。

《旧唐书·李林甫传》讲到一个典故："太常少卿姜度，林甫舅子，度妻诞子，林甫手书庆之曰：'闻有弄獐之庆。'客视之掩口。"堂堂一国之相，不学无术，将"弄璋"（古称生男为"弄璋"，生女为"弄瓦"）写成了"弄獐"，"弄獐宰相"成了没有文化又要附庸风雅的达官贵人的代名词。可见，"獐"在古人心中的低贱地位。

有一个清晨，我们起早去湿地看鸟。拐过一处沙丘时，一只幼獐扑啦啦蹿出来，将我们的目光牵引过去，这只受了惊的"无尾鹿"大概是先发现了我们，为了掩饰慌乱，它几乎是连滚带爬地从沙丘上滑了下来，像是小孩子故意恶作剧在地上打滚儿那样，看似戏谑般的调皮，其实早已乱了方寸。滚到路上后，竟然开始了憨态可掬的表演，它像喝醉了酒那样东摇西晃，一会儿窜到路左边，一会儿窜到路右边，一会儿又朝前方乱跳几步，试图迷惑我们的视线，好让我们判断不出它的逃跑方向。我们停住了脚步，避免引起它新一轮的恐惧。"无尾鹿"假装跌跌撞撞跑远后，自认为危险解除了，便像兔子那样飞速跳跃着穿过一丛芦苇，远看它奔跑的姿态，真像一名跨栏运动员。

民间曾流传一种无脑偏方，说幼獐胃内有所谓"獐宝"（喝奶的幼獐胃内凝结的奶块），可治消化不良、增强免疫力云云，致使獐在5月到7月的繁殖期内处境异常凶险。盗猎者一旦捕获到幼獐，会剖开活体获取"獐宝"，这对獐种群造成了毁灭性的伤害。

如今，一度几近灭绝的獐，以稀为贵，血缘上又与鹿搭上关系，就等于颜值得到了肯定。鹿不仅是高颜值的代表，且因谐音"禄"，又是南极寿星的坐骑，便被赋予了福禄双全、长寿昌盛等美好的寓意，成为公认的神兽。鹿还常是诗人的吟咏对象，从曹操的"呦呦鹿鸣，食野之苹"到李白的"树深时见鹿，溪午不闻钟"，从昌岩的"闲骑白鹿游三岛，闷驾青牛看十洲"到梅尧臣的"霜落熊升树，林空鹿饮溪"，鹿的头上笼罩了光环，它是空灵闲适，是不慕荣华、云游四海，是暗夜醒来的那一缕白月光，给予我们无尽的抚慰和想象。

我小舅曾有个女朋友，她的样貌在我的记忆中早已模糊，但她的昵名"小鹿"，我却永远不忘，一想起来就觉得这名字又悦耳又动人。初写诗歌时，常常情不自禁地将自己化身为鹿……鹿的轻盈灵敏、羞怯神秘让我着迷神往，年轻时对所谓轮回的愿望便是下辈子变成一只神鹿。

　　湿地是獐最喜欢的生境，它喜欢生活在有水的芦苇丛边，河麂是它另外的名字。Chinese water deer，是獐的英文名字，河和水，将獐喜欢生活在水边的特性表达出来了。只是，直译中的水鹿与獐是风马牛不相及的品种。

　　獐因个性敏感、胆小、孤僻，在漫长的时光中，未能像驴马一样被人类驯养。陆游可能做过驯养尝试，他在《两獐》诗中有"吾园畜两獐，善惊未易驯"句，并写他驯养的獐"饥食园中草，渴饮沟涧滨"。獐在他的多首诗中出现过，"驯獐巧占苍苔卧，惊鹊斜穿密筱飞""驯獐随几杖，痴蝶入衣裳""乳鹊行苔径，驯獐触笋藩"。不过，这两只胆小的獐可能被陆游驯养死了。其诗"驯獐惊不起，归鹤倦犹飞"可猜出一点端倪。

　　5月，在一处并不茂盛的林地，我们与一只獐不期而遇。它没有长獠牙，加之，俗名里有了"鹿"字滤镜，看起来精灵而乖巧。爱鹿及獐，这只獐在我们眼里，就像下凡的神鹿，浑身闪着金光。令人揪心的是，它的一只脚上挂着铁夹子，一瘸一拐地穿过林地，像一个被追捕的跛脚的人，又急又惶恐。从身形上判断，这当是一只怀了孕的母獐，显然，靠自己的力量，它无法取下铁夹子。獐会在伏季窜到村民的红薯地将红薯连根拔起，秋天时，则到萝卜地里拔萝卜。有的村民就会布下兽套诱捕它。獐是兽类中有名的胆小鬼，尤其遇见人，会本能地躲开。看见我们，它呆愣了一下，便迅速转身逃跑。巡护员小董立即撒腿追赶，想捉住这只獐。《吕氏春秋》曰："使獐疾走，马弗及至。"獐的奔跑速度比马和狗都快，正常情况下，人是不可能追上的。这只孕獐,孕肚已很明显,本就跑不快,加之腿上带着夹子,又受了伤,终于被小董逮住了。幸运的是,它的腿伤并不重,取下夹子后,经过野保站的专业救助,很快就恢复了健康,重新回到了林地。

不幸的是,没几天,小董就发现了这只獐的尸体。身上的伤口显示,它是死于非命,"凶手"则是林地里乱窜的野狗。丧家之犬,格外凶猛。野狗追不上正常的野獐,但它们一旦发现怀孕的獐,便会高声狂吠,呼朋引伴,集群追逐行动受限的孕獐,一獐难敌群狗,孕獐常成为野狗的猎物。

在梦里,我脑补出了这只曾受过伤的孕獐的最后时光:一群野狗紧追不放,它拼命逃啊逃,终于逃到了水边,它纵身跳了下去。你一定想不到吧,獐是游泳能手。它的头和耳朵一直露出在水面,身体时隐时现,保持跳跃的姿势前行,这样的泳姿虽优雅,却很是消耗体力。野狗们在岸上观望,并不下水,不过,狂吠了一阵后,便统一了意见,它们绕奔到对岸,守株待獐。獐游得筋疲力尽,却不敢上岸。在濒临岸边的浅水区,獐张皇四顾。有两只野狗按捺不住,率先冲入浅水区拖拽獐,其他的野狗一哄而上,将獐拖到岸边,撕咬起来。

从梦中惊醒的我,感觉到了与孕獐同样的真实的疼痛。

如果你见过在湿地里轻盈奔走、自由跳跃的獐,你就再也忘不掉它。我妈常说,"獐狍野鹿满山跑,谁见麒麟把山登"。麒麟是天界的精灵,凡人无缘得见,而獐狍野鹿却是人间的神兽,享受的是世间的逍遥。如今,很多动物已经渐渐适应城市周边的生活了,鸭绿江口核心湿地的獐数量越来越多。前几天,一位朋友在丹东 201 国道边，偶遇了一只有獠牙的雄獐。它就站在距离车来车往的公路仅 100 多米的芦苇丛中，不停地扭过头去舔自己的屁股。这一番迷之操作令人忍俊不禁，请教专家，专家说大概是排便困难的缘故。

如果你幸运地看到一只獐悠闲地吃着野草，那种超然物外的神态，一定会令你平息追慕虚荣的心，安静地亲近一棵草、一株树。

李时珍在《本草纲目》中曰："猎人舞采，则獐、麋注视。獐喜文章，故字从章。""文章"意指错杂的色彩和花纹，另有一意指美好的音乐。"獐喜文章"，喜欢注视"猎人舞采"，这倒令我有意外的惊喜。"野鹿衔花蜂课蜜"，獐对美有天然的敏感，喜爱大自然中的美好事物，这样的神兽，怎不令人顿生怜惜之心？

美国原生态诗人加里·斯奈德有一首诗歌《我们与所有动物一起发誓》，其语言虽朴素，却耐人寻味，他将鹿赋予与人同等的位置，扯下人类自以为是及愚昧无知的遮羞布：

> 吃着三明治
> 在树林中工作，
>
> 一头母鹿啃吃雪中的睡菜丛
> 相互观察着，
> 一起咀嚼着。
>
> 一架比莱飞来的轰炸机

在云层上面,
用咆哮充满天空。

它抬起头,聆听,
一直等到声音消失。

我也如此。

是的。我也如此。

狍子

近年来,常常有人在湿地见到狍子。湿地里到底有多少狍子?巡护员说有100多只,但并不能确定。我在鸭绿江口核心湿地的展馆见到过一只狍子的标本,草黄色的皮毛,大眼睛,大耳朵,嘴巴尖尖的,头部很像一只兔子,腹部有白色的毛,尾巴短得几乎看不见。为了一睹狍子君的风采,我多次追踪过它的足迹。湿地野兽多,脚印也驳杂。退潮后的海滩上,兽印很多,有野猪的,有豹猫的,有狐狸和黄鼬的,也有獐和狍子的。只是,狍子的脚印大部分到了水边就消失了。

我们东北方言中有四大神兽一说,即傻狍子、扯犊子、猫驴子、滚犊子。"傻狍子"被称为东北第一神兽。若形容一个人笨拙不知变通,或者反射弧长,常会戏称其为"傻狍子"。只是,这个称呼不完全是贬义,多半带有一点嗔怪和亲昵的成分,被称为"傻狍子"的人,也并非真的傻,大多是与鹿一般呆而可爱。狍子学名叫西伯利亚狍,英文叫作 Siberian Roe Deer——矮鹿。与獐同属鹿科,不过血缘上更偏向獐,大部分人对二者傻傻分不清楚。

"狍"字较早的文献记载仅见于《山海经·北山经》:"又北三百五十里,曰钩吾之山,其上多玉,其下多铜。有兽焉,其状如羊身人面,其目在腋下,虎齿人爪,其音如婴儿,名曰狍鸮,是食人。"但狍鸮之狍,与鹿科的狍并不是一种动物。据考证,狍鸮应是饕餮的别名,而狍的本字当为麃。

2月的一天,我们到离家不远的湿地寻鸟,苇塘萧瑟,候鸟们几乎飞尽,偶尔有一两只鸟飞过,不是苍鹭就是海鸥。在我们这边,冷是有味道的,冷的味道在留鸟颤抖的叫声里,也在旋着波纹的水面上。风从灌木尖上打着呼哨,一路呼啸而去,苍黄的老芦苇抖抖索索,仿佛要把冷的味道从身上抖掉。远处的水面发着白光,几只野鸭在清冷的水面游弋,湿地笼罩在沉沉暮气中。

就在这时,两只傻狍子从远处跳跃着奔向水边,速度极快,像矫健的跳远冠军。到了水边,一跃而下,两只狍子一前一后,奋力游向对岸的芦苇丛,看不清它们的腿部动作,只看到它们的上半身跳跃起伏,顺着波浪的力度,一拱一拱地前进。我之所以确定它们是狍子而不是獐,是它们上岸时,我看到了两个白屁股。狍子尾巴内侧覆着白毛,紧张或受惊时,白毛会爹开,这时候,狍子屁股的一大团白毛就像一朵心形大白花,煞是好看,这样的形象也增加了它人畜无害的指数。

虽说这是我第一次在湿地见到狍子君,可我对狍子并不陌生，七八岁时，还曾吃过狍子肉。那时，姥姥家下放在山区，山里人喜欢打野味，野鸡和狍子是被端上餐桌最多的兽类野味。东北的鄂伦春人长期保持"饶獐鹿，射猎为务，食肉衣皮，凿冰没水中而网取鱼鳖"的渔猎生活。鄂伦春翻译成汉语即打鹿人。

东北有句俗语"棒打狍子瓢舀鱼，野鸡飞到饭锅里"，一则是说东北物产丰富，野鸡成群，狍子易猎。农田里庄稼成熟时，常会看到狍子到田里吃大豆、玉米、青菜等农作物。二则是印证狍子智商之低已广为人知。它到底有多傻呢？如果你偶遇了一只狍子，它才不会像獐那样，见到人就撒丫子跑掉，而是先愣住，观察你几秒，然后好像才恍然大悟似的逃跑，慢半拍的傻狍子反射弧能绕地球好几圈，压根不知道人类的厉害，傻得名副其实。而有经验的猎人这时只要大喊一声"狍子，回来"，傻狍子真的会停下脚步，回头呆呆地望着你，似乎在问："谁在喊我，喊我干啥？"如果你不再喊叫，它会纳闷："来呀，快追啊，你咋不追了？"它惦记着自己好不容易拱出的地盘，会天真地原路返回，一探究竟。这时候，猎人一棒子就能把它敲晕。遇到雪天，傻狍子被猎人追得筋疲力尽时，会像鸵鸟一样自欺欺人，将自己的头拱进雪里，尜出跟雪一样白的屁股。"我看不见你，你也就看不见我。"它就是这样单纯幼稚。

有一个下雪天，我的四个舅舅要上山"捡"狍子。印象里，小时候的雪总是连绵大雪，人一出门，风便裹着雪扑上来，打得眼睛生疼，连睫毛都会被雪缠上，更糟的是，棉鞋里灌满雪，双脚又沉又凉。可四个舅舅才不管那些呢，在狍子肉的诱惑面前，大雪算得了什么呢？

他们天刚放亮就上山，兜兜转转后，好不容易看到了新鲜的狍子蹄印，狍子的蹄印与羊的蹄印大同小异。一般来说，顺着狍子的蹄印追踪，坚持不懈，就可能会逮到它。可惜那天舅舅们运气不够好，追的狍子大概没傻透，他们被狍子引得满山乱转，终究还是一无所获。

其实，暴雪天最适合"捡"狍子。狍子与獐鹿一样，是食草动物，大雪掩埋了灌木的枝芽，它吃不到树叶和青草，虽说擅长跳跃，可在雪地里奔跑，无异于让跳远高手变身蛙泳爱好者，不小心还会陷入雪窝之中，冻饿而死的情况并不鲜见。我二舅曾不费一枪一棒"捡"过一只狍子。那场暴雪据说连下了两天，直下得门都推不开。所有人都在清雪的时候，二舅不见了。天擦黑的时候，二舅扛着一只狍子回来了。一锅热气腾腾的狍子肉温暖了那个难见荤腥的困难岁月。

那只狍子的皮被姥姥做成了褥子，那床皮褥子在我求学时，带给我亲人般的关怀。如今，皮褥子还完好无损地陪伴着我，而姥姥早已离我而去。

狍子君虽以傻扬名江湖，却一度是我们这边适应性最强、数量最多的兽类。它的天敌不多，虎、狼、熊对健康的狍子并不真正构成威胁，它最大的敌人乃是人类，它的生存策略只有在人类面前全盘失效。狍子对人类的残忍和科技的更新永远一知半解，甚或一无所知。19世纪，俄国一度流行皮草，被捕杀的狍子达50万只。近年来，人类活动对狍子栖息地的破坏，以及人们的过度捕杀，使得曾经漫山遍野的狍子数量锐减，最终变成了保护动物。

我的朋友、野保专家小白，会定期和同事带着猎狗，在村民的带领下，巡山或巡湿地，安装或更换红外相机，清理非法狩猎者布下的兽套。在一处山地，刚走没多远，猎狗就被兽套套住了，这是一个野猪套，周围有同一人布下的六个野猪套。有的兽套隐藏在枯枝败叶下，人容易踩到，非常危险。有的兽套非常难解，甚至布套人本人都解不开。这一次巡视，他们共清理了十几个兽套，兽套新旧交杂，最老的兽套已锈迹斑斑，大约有两三年之久了，估计下套的人都已经将它遗忘了，其中一个兽套有套过五只羊的痕迹，而在湿地，最多的兽套是狍子套。

"春天来了，这些兽套如果不清理，家畜和野生动物都会遭罪的。"小白在他最新录制的短视频中说。

万物与人一样，寄生天地间，"不容我成为你的主人"。好在，更多人有了保护野生动物的自觉。前几天，一位村民到野保站，说在自家门前的木栅栏上"捡"到了一只鹿。小董接过这只鹿一看，原来是一只傻狍子。这只傻狍子把头伸到栅栏的空隙里，结果拔不出来了。哈哈，真是要被它蠢死。

"你见过在冰上劈叉受伤的傻狍子吗？"

"劈叉？"我想象不出来。

小董蹲下身，叉开两腿，像个大写的八字，一边模拟狍子君在冰上打哧溜滑的滑稽动作，一边假装控制不住劈腿的幅度，大叫一声。

"你这傻狍子，把我们的嘴笑劈叉了！"

这倒让我记起曾看过的一则视频。2021年4月，黑龙江虎林段的乌苏里江出现了"武开江"的壮观景象，"武开江"是关东地区的方言，指天气骤暖而使冰层爆裂，冰块堆叠成冰山。彼时，江水奔腾，大大小小的冰排被裹挟着，横冲直撞，汹涌而下，碰撞摩擦，咔咔轰响。岸边观看"武开江"的市民发现有七只狍子被困在浮冰上，不免替它们焦心忧虑，却又束手无策。没想到的是，这七只狍子临危不乱，一只接一只地跳到了一个大冰排上，像乘着一叶扁舟稳稳地过了江，到了江边已破开的水域，又一个接一个游到岸边。

善假于物的狍子，似乎并不傻。

鸟刍于泽

湿地越来越少了。3月底,粗风急,我独自来安康池溜达。这是鸭绿江湿地一个不起眼的旁支。

安康池原是电厂的一处煤灰堆积站,后来煤灰被取走,做了轻体大块,池子便废弃了。时间一久,积成了几湾水塘,稍大点的水塘有两个,南北方向绵延数千米,其余的小水塘星星点点,在晨曦中远远望去,倒像是一只只觅食的白鹭。水面不深,平时连半个人影也见不到,宁静是它最重要的部分,只有鸟儿拍打翅膀的声音和时断时续的风声。水塘东侧是一条宽一米左右的土坝,土坝下是一大片盐渍化土壤,氯化物、硫酸盐较高,土壤呈碱性,我们叫它盐碱地。稀疏的碱蓬草长得漫不经心,东一捧西一簇,离土坝近的地方,也可以看到衰老的苣荬菜、蒲公英和白茅,还有几株棘类植物,硬枝上小刺尖锐,一副拒人千里之外的模样。

冬天的余寒仍旧没有褪去,水塘打着寒战,青绿色的波纹一点点荡向远处,二三十只野鸭子浮在水面上,凝固成一幅水墨画的初稿。细看,中间还夹杂着五六只白骨顶鸡。白骨顶鸡可不是野鸡,而是水禽,是鸟类家族中擅长游泳的一员(很多鸟类是不会游泳的)。通身乌黑的白骨顶鸡,单是额甲那一道仿若少女头饰的白色羽毛,便将自己从一群野鸭子中佼佼拔出。我不知道它们来自何处或哪个方向,也不知道它们最终会飞往何处。但因是这片水塘最早的一批归来者,莫名让我觉得亲近。

此地是远离喧嚣的僻静所在,某种程度上,可以一窥湿地的另一种样貌。除了我们,几乎没有见过来此观鸟的人,毕竟可以观看壮观鸟浪的闻名遐迩的鸭绿江口最大的湿地就在一二十公里外。随着城市建设步伐的加快,越来越多的苇塘被填埋成地基,越来越多的鸟类失去了栖息地。小城再也听不到"湿地虫声绕暗廊",再也看不到"蒹葭苍苍,白露为霜"。对我而言,安康池的芦苇和鸟类用画面与声响为我演绎的无疑是一种神秘经历,一种象征维度。

最初我以为那几只白骨顶鸡只是在悠闲游动,可它们钝尖的白色小嘴一刻也没有停歇,看起来不住地点头,其实将嘴插进浅滩中捕食水塘里的小鱼小虾和昆虫水草。半个下午,它们一直耐心地在水塘里靠近芦苇丛的水面上来回游弋,偶尔猝不及防地潜入水里,半天才钻出水面,只有一只仿佛下了很大的决心似的,在水面助跑了一阵,才两翅扇动,呼啦呼啦贴着苇丛低飞了一小会儿,就立即落回队伍中。其他几只白骨顶鸡"咔,咔,咔"鸣叫几声,短促而单调,毫无韵律,更不悦耳,算是对那只擅自行动的同伴的警告。

除了豹猫、野鸡偶尔侵入，这里大体上是小型鸟类的属地。4月中下旬，白骨顶鸡和野鸭子归来不久，那些长得漂亮的鸟就陆陆续续地来了。这里的鸟儿，种类不多，我见过的有凤头䴙䴘、小鹭鸬、反嘴鹬、斑尾塍鹬、黑翅长脚鹬、滨鹬、红脚鹬、野鸭、白鹭、苍鹭、牛背鹭、黑脸琵鹭、鸬鹚等数十种。它们显然不打算加入鸭绿江口湿地鸟类迁徙大军集体性的盛大欢乐中，但我想，它们中的任何一只鸟也不会让任何人对它说，你是一只微不足道的鸟。

水塘西侧是一大片芦苇丛。芦苇枯黄的茎叶在料峭的春风中瑟缩着，偶尔有一两只苇莺"嘎吉，嘎吉"叫着，在芦丛间窜来窜去。每年秋天，离这片水塘一路之隔的是另一处湿地，那里完全是另一番景致。红色的盐地碱蓬蹿至尺高，一蓬蓬簇拥在一处，绵延成片，秋风扫过，红浪微涌，令人惊悦。只不过可能没有水塘的缘故，几乎看不见鸟影。只有一次，视线里出现过一只野鸡，待想追上去确认，早不见了踪影。

秋天，我来得早，走得远一些，在一片红碱蓬滩的尽头，竟然发现了半亩左右的小白菊，花朵比大滨菊稍微小一些，尽管花色单一，但成片摇曳也独有一美。但那时一路之隔的另一边湿地，还未从冬梦中醒来，芦苇渐老，褐白色的芦花像一根根失去了光泽的羽毛，在夕阳中寂寞地摇曳，水塘一片宁谧，谁看到鸟儿归来？谁又看到鸟儿归去呢？

我们这次拍摄的目标是一对黑翅长脚鹬。同伴跟拍一对黑翅长脚鹬十几天了，她数着日子，算准了这只长脚鹬的四枚卵这几天就会孵化。长脚鹬一般一次孵四枚卵，同伴说，如果因意外不足四枚时，它会补齐四枚再孵卵。雌鸟雄鸟轮流孵卵，孵化期在20天左右。我还没有亲眼见过小长脚鹬破壳，难免有点兴奋。雏鸟破壳多在清晨，大约此时环境静寂，亲鸟不容易受到惊吓吧！况且，一日之计在于晨，新生命如朝阳初起，一切都是新的。

此时正是5月末，芦苇还在展叶期，翠绿的苇叶密密地挨着，仿佛一大片新鲜的玉米地。这个季节，我喜欢在太阳下山以后到这片水塘听鸟。顺着土坝向北，慢慢踱步，彼时，万籁俱寂，水面上一只鸟也没有，可我知道，它们就安歇在芦苇丛中。月亮渐渐升起来，风声减弱，天边红黄相间的灯火，像一簇簇火苗不停地闪烁，透着遥远的暖意，鸟鸣时断时续，仿佛古老的催眠曲，漫不经心又舒缓有秩。间或能听到"扑啦、扑啦"的声音，为寂静的画面平添了有力的一笔，那是鸟的翅膀拍打水面发出的声音。白骨顶鸡的叫声比白天显得稍弱，像小时候肺活量不足吹出的柳哨声；野鸭子一声不出，也许早睡着了；小䴙䴘的叫声很有辨识度，"科科、科科、科科"，快速而连续，带着一丝丝颤音，多么像赖在母亲怀里撒娇的幼儿！更多时候，我判断不准听到的到底是哪种鸟的叫声，不过，那又有什么关系呢？在夜晚，鸟鸣比白天稀少得多，鸟儿们也很少同时鸣叫，常常是东边的鸟叫一声，西边的鸟应和一声，让我意外的是，彼此呼应的不是同一种鸟。这反倒令我的耳朵格外灵敏，充满期待。

当你真正沉浸在这样的一个世界中，耳朵会飞上风中的苇尖，眼睛会嵌入澄碧的水底，喉咙会忍不住发出一声含混的鸟鸣。演奏者们好像知晓了我的来临与关注，鸟鸣声开始交错模仿，声音里加入了某种有意识的音调，谈不上惟妙惟肖，我却听出了歌喉中若隐若现的自豪与喜悦、嬉笑与戏谑，它们有一种天然的能力，可以分辨出谁是它们喜爱和认可的听众，并以独特的曲目表达善意。那一刻，城市的霓虹与人类文明的自负都显得无比廉价而脆弱。

"是我最先发现这里有长脚鹬的"，同伴打断了我延绵的思绪。在离水塘稍远一点靠近芦苇丛的一块平地上，她熟练地用泡沫板自制了一个小筏子，筏子前插了四根竹竿，似乎想安慰水塘里的鸟，看，我们给自己画地为牢了，绝不会靠近你们哦！最初筏子上要铺设伪装网。观鸟人都知道，鸟类繁殖期非常敏感，任何一点人为的干扰都会让它们惊慌失措。只是，时间久了，鸟儿们知道拍鸟人并无恶意，也不会刻意打扰它们，见惯不怪，便不再躲避，甚至毫无顾忌地在离拍鸟人几步远的地方觅食。伪装网的铺设环节省略了，同伴把相机的脚架拆掉，用泡沫板做了一个类似大枕头的东西，将相机放在上面，趴在泡沫筏子上调整角度，我则蹲在一边，摆弄望远镜，一声不敢吱。出乎我意料的是，不远处的几只鸟——两只斑尾塍鹬、一只落群的滨鹬，还有三只环颈鸻，其实早就看到了我们，却全都做出视若无睹的样子，那只滨鹬甚至还对着我们的镜头连摆了几个 pose，可爱极了。嗨，谁忍心去惊吓这些自由轻盈的精灵呢？

"这里的鸟儿已变成'老江湖'了。"同伴笑着小声说。

从望远镜里看去，我们的目标，那对黑翅长脚鹬的巢筑在水塘北边搁浅处，像一个棕色的碟。这个巢主要是由芦苇茎构成，为了牢固和严实，间缠着一些树根、树叶和水草。亲鸟竟然不在，四枚卵丝毫看不出要破壳的迹象。

"亲鸟不会走远，很快就会回来。"同伴颇有经验地对我说。

果然，三五分钟不到的样子，两只黑翅长脚鹬匆匆飞回水塘，雄性长脚鹬先是看了一眼鸟巢，确认鸟蛋还在，便落在鸟巢近处的浅滩。雌性长脚鹬并没有直奔鸟巢，它悠闲地先觅起食来。两只亲鸟一前一后在塘泥里昂首阔步，寻找食物，它们不慌不忙，步履稳健、身姿轻盈，不时将长长的黑喙插入浅水里。深红色的双腿修长、挺拔，让人想到芭蕾舞演员曼妙的肢体。不远处，三只环颈鸻迟疑地跟在黑翅长脚鹬后面，缩手缩脚。环颈鸻体长仅有十五六厘米，体重仅有四五十克，在体长近40厘米、体重近200克的黑白色涉禽长脚鹬身边简直像麻雀一样小，仆人似的自惭形秽。吃饱了肚子的"红腿娘子"立刻飞回了巢，也许离开鸟巢时间有点久了，找不到孵卵最佳体位的雌鹬不断站起又蹲下，努力调整它的两条大长腿，两三分钟后，它终于找到一个最舒适的角度，蹲下了。雄鹬并未离开，在周边警惕地巡视。

鸟儿在孵卵期，要面对重重危机，故而有"十巢九覆"一说。黑翅长脚鹬的巢，筑在浅滩上，虽然形状、颜色如土丘，又间杂以腐叶、泥土和草根等，极具迷惑性，但仍处于裸露状态，危险还是无处不在。这对"红腿娘子"对周围环境保持着高度的警觉状态，因为危险并不仅仅来自可目测的范围。同伴说，他们这几年一直在保护黑翅长脚鹬的巢。去年他们就为五对黑翅长脚鹬的巢架设了保护网（用竹竿渔网等将鸟巢几米范围内的地域简单围起来）。

"四年前，6月初，大洋河湿地。有一对黑翅长脚鹬选鸟巢的运气不够好,雌鸟刚开始孵化没几天,就开始连续下雨,眼看着河水涨上来,鸟巢即将被淹没,我赶紧趁亲鸟离开的片刻,搬来一些碎石头把鸟巢垫高,黑翅长脚鹬才得以继续孵卵。"同伴说。"我拍摄了它在雨中孵化的视频,每每看着它在雨中安然暖巢孵卵的画面,我心里都会一暖。天下做母亲的莫不如此,人鸟同心。可惜啊……"同伴低下了头,"后来我去拍摄别的鸟,大洋河河水持续上涨,朋友告诉我,那窝雏鸟全部夭折了。从那以后,我再跟拍鸟们孵化,就从来没有中途易辙过。"

"亲鸟不能自救吗?比如重新筑个巢?"

"重新筑巢几无可能,时间上也不允许。"同伴顿了一顿,"不过我曾拍到过一对黑翅长脚鹬抗洪自救。就在这片水塘。"

我看过那组照片和视频。大雨过后,黑翅长脚鹬的巢被淹

黑翅长脚鹬挽救危巢

了，鸟蛋都泡在了水里，两只亲鸟心急如焚，它们不断地用嘴从水里打捞能加固鸟巢的东西，小树根、苇茎，可捞出最多的是毫无用处的腐叶。雌鹬围着鸟巢打转，它不敢离开鸟巢太远，雄鹬被伴侣派出去寻找建材，它叼回来几根七八十厘米长的苇茎，斫断后斜搭在鸟巢上。可同伴没有拍到最后孵化的画面，结局不难猜到。

她沉默了，我也说不出话来。看看手机，已经 9 点多钟，看来今天不可能拍到长脚鹬的小宝宝了。

白尾鹞就是那时出现的，离我们不到 10 米的距离。白尾鹞雄雌在外形上差异特别大，很容易辨别。我们一眼就看出这是一只雌性白尾鹞，它的上体暗褐色（雄鸟上体一般蓝灰色），腿黄白色，爪子黄色，嘴上面也带一点黄色。它在水塘靠近芦苇丛的地方扑腾着翅膀，我们发现它的同时，那对长脚鹬也发现了它。不过这只白尾鹞有些反常，我们没有发现它是从哪里飞来的，好像它是从芦苇丛边突然出现的。雄性黑翅长脚鹬先受了惊，它马上飞到高空盘旋，发出拉长的警报声"欧——欧——"，尖叫声像警笛似的。很明显，这只黑翅长脚鹬属于色厉内荏型，看起来虽威风凛凛，实则是只"黔之驴"，除了大声尖叫，并没有其他招式。但我知道，鸟类极有智慧，它们可不止有三十六计。黑翅长脚鹬个体战斗能力虽然极弱，却是很有谋略的军事家，遇到危险时，比如猛禽、犬类或人类靠近，它会腾空而起发出尖叫，反嘴鹬、燕鸥等其他鸟听到警报，会联合起来一起抗击敌人（这也是黑翅长脚鹬常常与其他鸟类混居的原因），靠着"狐假虎威""滥竽充数"的战术，常可化险为夷。

奇怪的是，这只白尾鹞并没有靠近鸟巢的意思，反而向芦苇丛的另一边扑腾。长脚鹬停止了尖叫，它并不想在局势未明的情况下挑起战争。看得出，白尾鹞急于脱离我们的视线，它努力抖开翅膀，扑棱几下又落了地。我正看得纳闷，同伴却已迅速脱下外套，三步并作两步蹿到芦苇丛中，用外衣一下扣住了它。

对我们而言，白尾鹞不是生鸟。小时候，大人吓唬爱哭的小孩子，最常用的口头禅便是，"不要哭了，再哭就被老鹞子叼走了"，小孩子并不知道老鹞子是什么，大约以为是妖怪之类很骇人的东西。而我七八岁的时候，因常住在山沟里的姥姥家，已经可以识别白尾鹞了。白尾鹞属猛禽，体形稍逊于老鹰，脸型像猫头鹰，但它的喙十分锋利，一些小鸟、小鼠、小虫、小蛇常会成为它的口中食。

可以断定，这只白尾鹞的翅膀受了伤，可伤口并不明显。我们找不到它的伤口，也就无法判断它伤有多重。目测这只白尾鹞体重在500克左右，体长差不多50厘米，携带不便。同伴用装泡沫板的黑色塑料袋捆住了它的一双翅膀，拎着它，打算把它送到车上，拉到宠物医院去救治，未料，刚打开车门，把它放到地上的一瞬间，它一下子就飞跑了，被捆住了翅膀的白尾鹞当然飞不高也飞不远，它拼尽全力扇动翅膀，连飞带跳。我们放下设备，跟在它后面追。

受了惊的白尾鹞尽管翅膀受了束缚，在这片湿地上还是比我们跑得灵活，只要我们靠近，它就飞一段。它忽上忽下，忽左忽右，我们追得气喘吁吁，力不从心，可无论如何不敢放弃，折腾了两三个小时，白尾鹞转移了阵地，扑腾到土坝的另一边去了。人追不上，车也开不进去。我们眼看着它飞进了一片废弃的黄泥地里，无能为力。白尾鹞暂时摆脱了我们的追踪，可它的焦虑和烦恼丝毫没有减少，它趔趄地扒拉了几步，将翅膀完全张开，转过头用嘴去啄塑料袋的系扣，用力撕拽，可塑料袋依然紧紧地勒着它的翅膀根。同伴的眼圈红了。

那是一片不毛之地，不知道谁填了土又弃置不用，被几只蛎鹬暂时占作了领地。蛎鹬是中型涉禽，体形也较大，这几只蛎鹬长得很漂亮，黑色的头，红红的长嘴巴，红红的眼睛。自己的床榻之侧岂容他人侵入（它们当然不能预料，这里也许很快就会开来挖掘机），几只蛎鹬发现了白尾鹞，起初亦步亦趋，后来可能发现白尾鹞受了伤，一哄而上，受了伤的白尾鹞不如鸡，被蛎鹬赶得狼狈逃窜，东突西奔，最终蹿进了芦苇丛里，从我们的视线里彻底消失了。

在这片湿地里，我从没有见过船。但是有一刻，我会突然记起弥尔顿的一句诗。其实我想说的是，如果湿地或家园是一艘旗舰，那么鸟儿，就是旗舰上的一支桅杆。

海鸟爸爸

我们在长满碱蓬芽的湿地慢悠悠地走,水边胡乱生长的芦苇新旧参差,苇莺叽叽喳喳,在芦苇间跳来跳去,蒲公英鼓出黄澄澄的花朵,柳蒿的香气连鸟儿都闻得见。4月的湿地真是一个无比奇妙的世界,这里又大又静,我身边的鸟儿是真的鸟儿,近得真实,近得直接。白鹭的白是真的白,它扇动翅膀时,像一朵雨后的白花倏地绽开。

这样静静地走着,心里鼓胀着喜悦。看不见人,满耳是鸟声,继续走,还是鸟声,侧耳听,有野鸭嘎嘎的粗音,有鹬类口哨似的短鸣,而此起彼伏的尖厉叫声,则属于黑嘴鸥。眼下,这里还是一片封闭的湿地,只有鸟儿自由地穿梭在黑夜和白天之间、春天和夏天之间,它们是这片湿地的心脏,有力,踏实,怦怦跳动。

电影《肖申克的救赎》中有一句台词,有些鸟儿注定不会被关在牢笼里,它们的每一片羽毛都闪耀着自由的光辉。海鸟,便是这样的自由之鸟。

同行者中,只有姜信和与我是初次见面,他是专业的摄鸟师,走到一棵榆树下时,他说要跟我们分享一段经历:

2017年5月4日,我和妻子车勇早起在湿地拍鸟,就在前方的水边,大概一千米远,我从望远镜里看到,有影影绰绰的暗影在苇丛中出没。也许是挖野菜的人?我当时想。海水在光明处闪着银光,诱惑着我。我望见两只蛎鹬在滩边觅食,橘红色的长嘴若隐若现,稍远些的浅水里,几只长脚鹬悠闲地走来走去。望不到尽头的更远处,群鸟聚集,像一个个斑点,使得那一片海水成了一个长满了斑纹的雪豹。

越来越近时,苇丛中的暗影分明起来,是一老一少两个男人。晨光反射出一团黄晕,是一只黄色塑料桶。这两个穿着雨鞋的可疑人,不像是在挖野菜,挖野菜的人通常不会拎着塑料桶。离他们有二三十米远时,我喊了一声:

"你们在做什么?"

"关你什么事?"年轻人说。

一瞥之下,我已确定桶里装的是海鸟蛋。

"真关我事,你这是违法行为。你把桶放下,不然我报警了。"

50多岁的男子一言不发,径直向远处溜去,年轻人穿着一套学生校服,眼睛望着我,一半狐疑,一半恼怒。他还在犹豫着。

"你不知道吗?这里到处是监控。"

我一手拽着年轻人的衣角,一手掏出手机,给森林派出所打电话。

　　这时，年轻人一边后退一边小声嘟囔着什么。忽然间，挣脱我的手撒腿就跑，脚底冒出一股白烟。我只来得及拍下了他的背影。我猜他们可能是附近工地上的工人，一早起来趁着没人来捡海鸟蛋。

　　姜信和望着远处的鸟群，支起了相机。我家乡的鸭绿江口滨海湿地，每年3月，都会有大量的海鸟从遥远的南半球迁徙来觅食、繁殖。在迁徙途中，因天敌、强气流、饥饿、体力不支等，会死亡一部分，历经千辛万苦，能飞到我们湿地的，无疑是幸运儿。四五月，正是海鸟的繁殖季节。捡一枚鸟蛋，就是夺去一条鸟命。

　　采集鸟蛋，破坏鸟类繁殖地，都属于违法行为。近年来，捡拾野生鸟蛋入刑的例子屡见不鲜，也许是宣传的力度不够吧，总有人不以为意。

　　"桶里有多少海鸟蛋？"

　　"264枚。还有一只死去的普通燕鸥成鸟。"

　　我们都沉默了。海鸟一巢通常会产三枚卵。264枚鸟蛋，意味着这两个人陆陆续续洗劫了八十多个鸟巢。熟悉海鸟的人都知道，鸟蛋只要离开鸟巢，很快就会失温，并且，脱离鸟巢的鸟蛋就会被父母遗弃，即便你再放回巢里，亲鸟也不会继续孵化了。

　　"如果联系野保部门处置，路途遥远，恐怕徒劳无益。难道眼睁睁看着这些鸟卵毁于一旦吗？征得相关部门同意后，派出所将鸟蛋的孵化任务交给了我，因我曾在林业保护部门工作过，又比较熟悉海鸟。'死鸟当活鸟医吧。'所长跟我说。其实，大家心里都清楚，人工孵化海鸟，国内外似乎没有任何现成的经验可循。并且，这些鸟卵被亲鸟孵化的天数既不确定也不相同，把它们孵化出来无异于天方夜谭。"

"是什么鸟的蛋？"

"大部分是普通燕鸥和黑翅长脚鹬，还有几枚是反嘴鹬。这几种海鸟都没有人工孵化的先例。"

"是跟孵小鸡那样吧？"

"差不多吧，我俩只能用土办法。在泡沫板上铺上电褥子，电褥子上铺一层棉褥子，用棉被盖着，为保证鸟蛋受热均匀，每天早、中、晚、半夜，要定时翻动鸟蛋，还要随时测量温度、湿度和氧气含量，而雏鸟孵化的温度、湿度参数又不明确，我们只能摸着石头过河。一天天过去了，200多枚鸟蛋一丁点动静都没有，我想，完了，这些蛋要臭掉了。尽管如此，我俩还是怀着一丝渺茫的希望咬牙坚持着。'哪怕孵出一只鸟儿也好'，我妻子说。海鸟的孵化期一般在21天到25天，我们一天天计算着日子，几乎到了放弃的边缘。23号那天半夜，我去卫生间时，隐隐约约听到'吱'的一声，再听，没有任何声音，我以为自己被迫切的愿望弄得幻听了，躺回床上终究睡不踏实，凌晨3点来钟就醒了。蒙眬中，妻子捅了捅我，说似乎听到了鸟叫声。我一下子就坐了起来。我俩循声观察，终于发现一枚鸟蛋裂开了一个孔，里面有叽叽喳喳的声响。那一刻，真是欣喜若狂啊，眼泪都快流出来了。中午时，奇迹诞生了，一只幼雏破壳而出，是黑翅长脚鹬。"

姜信和打开手机相册，给我们看小黑翅长脚鹬的照片和视频,刚出生的黑翅长脚鹬羽毛还是湿漉漉的,眼睛亮晶晶的,比一只蝉大不了多少。其中一段视频是他伸出手掌,发出轻微的呼唤声,小黑翅长脚鹬吧嗒吧嗒地走向他,跌跌撞撞地踩着他的手掌,站在他掌心。只要夫妻俩轻轻拍手呼唤,它就像婴儿奔向父母,可爱又黏人。

"自那之后,半个月内,陆陆续续地,黑翅长脚鹬、反嘴鹬、燕鸥等60多只小鸟破壳而出。小海鸟出壳后最先看到谁,就会依赖谁,认谁作妈妈,尤其是小燕鸥们,睁开眼睛就仰着头张开小嘴叫嚷着要食吃。"姜信和说。

是的。我曾见过一枚环颈鸻的卵被风吹到了相邻的白额燕鸥的巢里,白额燕鸥孵出了环颈鸻的后代,可环颈鸻雏鸟只认养母,不认生母,无论环颈鸻亲鸟如何诱哄,也带不走自己的孩子。姜信和夫妇孵育的小海鸟们,从破壳而出的那一刻起,就已身处楚门的世界,只是它们并不知晓罢了。

"小鸟儿出生后,我俩的生活一下子忙碌起来了。妻子每天一下班就往家跑,同事戏称她:'你是不是该跟领导申请一个产假了?你现在可是鸟妈妈了。'"

姜信和夫妇孵海鸟的事,其实我早有耳闻。几年前,我就在网上看过一组相关照片,题目叫作《与鸟相守的151天》。从救下鸟蛋到最后一只不能飞翔的小鸟死亡的151天里,姜信和夫妇充当了海鸟幼雏的父母。其中一张照片给我留下了深刻的印象,是妻子车勇嘴对嘴给小鸟喂食的画面。

"需要嘴对嘴喂食吗?"我终于有机会问出我的疑惑,毕竟摆拍的事屡见不鲜。

"最初，我们从人的思维出发，认为幼鸟的喙前端神经多，又软又脆，怕硬的食物会伤害它，便用火柴杆或牙签挑一点蛋黄、蛋白粉喂食小鸟，有时也用针管给小鸟的喉部滴一点稀释的葡萄糖水，我们还准备了小鱼和小青虾。可我们很快就发现，幼鸟成活率很低，每天都有幼鸟毫无征兆地死掉。车勇怀疑小鸟是饿死的，情急之下她模拟亲鸟，尝试嘴对嘴喂食，可这招根本行不通，尤其是长脚鹬幼雏对送到嘴边的食物视而不见。翻书查资料、调整食物配比，仍旧不见效果。我俩不知所措，百思不得其解，无奈之下，我拿起望远镜到湿地中寻找答案，或许只有在鸟类生存的大自然中，才会获得顿悟和启示。"

他说得真诚坦然，我的疑虑也就烟消云散了。

通过几天的观察，姜信和发现普通燕鸥的幼雏出生时需要亲鸟喂养一段时间，不过它的喙发育很快，一周左右就能吞食小鱼了。而黑翅长脚鹬和反嘴鹬的幼雏均属于早成鸟，雏鸟孵出时即已充分发育，全身有稠密的绒羽，眼已经睁开，腿脚有力，在绒羽干后，便可立即随亲鸟自行觅食。它们的繁殖基因程序里没有喂食这一环节。

"原因找到了，我们决定提前放生，让它们回到野外。可这么小的鸟儿，草率放生就等于再次放弃它们的生命。经过慎重考虑，我们最终联系了森林公安和野保部门，由他们带着捡鸟蛋的犯罪嫌疑人指认现场，我们坐着充气橡皮筏，划水到鸟蛋出生的地方，将雏鸟放生。"

"它们能很快适应生境吗？"

"嫌疑人当初捡鸟蛋的地方，四围都是水，相对来说较为安全,幼鸟人工驯养的时间毕竟很短,适应生境的能力还未丧失,放生以后很快就可以自主觅食。"

"放生时有多少幼鸟?"

"第一批放生了21只黑翅长脚鹬。"从保温箱到水边,从客厅到滨海湿地,幼雏们要经受重重考验,这是它们的求生之路,失去了亲鸟的呵护,必然生路凶险,而没有经过系统野化训练的鸟儿,是没有能力在野外生存的。

"一只幼鸟练飞时落在水中央,被浮草缠住,动弹不得,我眼睁睁看着它死去,无能为力。有时,小鸟飞得不太熟练,碰上特别高的草,会折断翅膀。"

"它们大概存活了多少?"

"……"

我理解他的沉默。遇到突发状况,这些雏鸟既没有防御能力,也没有父母守护,鸟生经验几乎空白,伤亡的概率很大。让雏鸟自然野化,不仅要让它们适应离巢后的环境遽变,还要让其学会自主捕食,以及找到同伴,适应群居生活。

这批黑翅长脚鹬幼鸟放归以后,剩下的小鸟们一天天长大,姜信和夫妇决定调整策略,先陪着它们进行野化训练,即人为干预野化过程,再寻找合适的时机彻底放飞自然。

"哪里是最佳的野化训练基地呢?"爱鸟人都知道,野化训练环境与野化训练同等重要,二者缺一不可。海鸟的野化训练必须在原生生境中选择,要远离人类,有密布的水塘,有食物充足的滩涂,有芦苇类高枝植物,还有一个因素,要有它们的同种类鸟群。

我小时候用竹筐捕过一只麻雀,喂养了一段时间后,麻雀连飞都懒得飞了,只习惯贴地疾行。玩腻了后,便想着把它放生算了。我把它带到公园的一排低矮的灌木丛边,将它放在树枝上,它像在鸟笼里一样,懒洋洋地蹲在那里。不料,刹那工夫,一只野猫不知从哪儿蹿出来,将麻雀一口咬住,等我回过神来,野猫叼着麻雀早已跑得不见踪影。这只被驯养的麻雀对陌生物种早已失去了防范之心,而造成它悲剧命运的人是我。

与鸟儿交往,会让人审视自我。

一个现象不容忽视,我常常会在水库边看到大批的小龟被放生,也在市郊的小树林中发现过大量被放生后死亡的鸟类尸体。捕猎者利用了放生人的悲悯心理,大肆张网捕鸟,再兜售给那些放生者。一些不够珍稀的鸟类,比如麻雀,在鸟市,两三块钱就可以买到一只。某些以爱为名的买生放生,实则催生了滥捕滥猎的非法行为,还是要强调一句老话:没有买卖,就没有杀害。

"我们也是寻找比较了好久。7月35度的高温天,在茂密的苇塘里穿来穿去,脸上、手臂上都是苇叶捌过的血印子,一出汗,火辣辣地疼。更要命的是,碰上雨天,湿地里极其泥泞,一只脚插到前面,得用双手用力把后一只脚拔出来,挪一步,再把另一只脚拔出来,插进去。那可真叫寸步难行。最终我们选择了一片相对宽敞的沼泽地,临近水边,又不影响其他鸟类栖息。为了方便陪伴,我俩索性在沼泽地搭了一个帐篷,每天早晚进行两次野化训练。"

但鸟类的野化训练,并非想象中那么简单,需要很强的专业能力。

我在手机里一张张翻看他们对小海鸟野化训练的照片。理论上说，野化训练的第一步是离巢后的怕生能力，即不让陌生物种靠近和触摸。这些人工孵育的小海鸟，过于依赖和信任姜信和夫妇，我看到很多照片里人鸟和谐，相依相偎。不知怕人，这对鸟类的野化训练来说是个极大的不利因素。

夫妻俩用视线圈定了一个大致的范围，一旦小鸟逾越界限，就迅速地将它们抓回来。小海鸟的羽毛以灰褐色为主，与周围的滩涂和碱蓬草等融为一色，小鸟们在滩涂钻来钻去，很不容易被发现和找回，这使得他们夫妻在淤泥中艰辛跋涉，十分疲惫。有时，车勇会在野化现场铺一块防潮垫，打个盹，每当这时，小海鸟们便依偎在她怀里，取暖，休息。

燕鸥刚出生时，吃的是姜信和夫妇在市场买来的"脊尾白虾"，喂食时，车勇用手机放出亲鸟呼唤幼雏喂食的声音。车勇下载了各种亲鸟的声音，比如遇到危险时的警戒叫声，外出觅食时的呼唤声等，让幼鸟形成各种条件反射。70多天时，小燕鸥褪毛换羽，车勇训练它们在水中自主觅食。起初，怕它们吃不饱，车勇偶尔还会给它们补充营养，而黑翅长脚鹬、反嘴鹬幼鸟一到野外，就会到近水的地方觅食，自理能力很强。

"自然环境中充满了各种危险，一不留神，就会有大鸟因为争夺领地而驱赶小鸟，甚至把小鸟按在水中淹死。为了保护小鸟，我们和外来大鸟的'地盘争夺战'时常发生。我们内心也清楚，这种半依赖人的折中状况，会影响鸟类在野外的生存能力。"

"需要训练飞行吗？"

"飞行是鸟类的本能，不需要过多的人为干预。对雏鸟的野化训练主要是捕食训练、防御训练和合群训练，让它们逐渐适应野外严酷的环境。熟悉生境的过程并不顺利，一开始，你刚把这些小鸟放到滩涂上，它们就跌跌撞撞跑回来找'妈妈'，我妻子慢慢找到了对付小鸟纠缠的办法，她低下头，一动不动，化身滩涂中的一块石头，默不作声。僵持一段时间后，慢慢地，小鸟们冷静下来，开始自主去探究这个神奇的世界。它们对周围的一切充满了好奇。"

最难的是野外过夜。要防备豹猫的突袭。豹猫最喜欢在夜晚出没，它凶猛又敏捷，被它盯上了常难逃一死。夫妻俩没有睡过好觉，每天凌晨四五点就起来巡查。

让我意外的是，野化训练的过程，对专业摄影人来说，可谓天赐良机，可姜信和几乎没有留下专业的摄影图片，照片都是手机随意拍摄的。专业拍摄设备体积大，会使鸟儿受惊。"拿着设备，又怎么能安心训练鸟儿呢？艺术应该让位于生命。"他说。不仅如此，当有一些摄影人听说了此事，千方百计找到基地，想要现场拍摄时，都被夫妻俩耐心劝离。

不觉已至秋天，苇塘有了习习凉风，苇叶发出沙沙的响声，鸟儿们的翅膀硬朗起来了，毛色越来越亮。掌握对抗命运的手段，也是海鸟保持"鸟生完整性"的秘密。有时，夫妻俩站在野外聊天，远处一只海鸟就会闻声飞过来，在他俩头顶盘旋不去。"它们和野鸟是不一样的，野鸟听见人的声音，是会飞走的。"这种看起来有情的依赖反而提醒了夫妻俩。他们渐渐明白，自己对小海鸟呵护得越多，越不利于它们回归自然。任何鸟类都不应该受人类的控制，它们的翅膀应该也必须只属于天空，它们不负责为救助者提供任何情绪价值，哪怕是条件反射。

切断与它们的一切联系和所有互动，才是野化训练的最终目的。

在姜信和夫妇孤独奋战的 151 天里，他们不知道，同年 5 月 19 日，天津一处盐田湿地突然涨水，数百枚反嘴鹬鸟蛋被淹，志愿者们抢救出 200 多枚鸟蛋，因海水冰冷，这些鸟蛋无法被亲鸟孵化，最终，志愿者们将这些鸟蛋人工孵化成功。

我在网上搜索到了相关视频。不同时期孵化出来的反嘴鹬装在不同的保温箱里，志愿者们用针管给小反嘴鹬喂食，在烈日下捕捞丰年虫。随着反嘴鹬越长越大，他们给反嘴鹬搭建了野化训练场，进行渐进式野化训练。小反嘴鹬们在野化场的水塘里，欢快地觅食，那里有志愿者投放的丰年虫。可是，一场暴雨，就将小反嘴鹬淋得生命垂危，它们被抢救回室内，志愿者们用矿泉水瓶装上热水放在纸箱里保温，用温水将小反嘴鹬的羽毛洗净吹干，调养了一段时间后，小反嘴鹬们再次被放回野化场。夏季的暴雨一场接一场，经历过风雨的小反嘴鹬们顽强地挺过来了。三个月后，志愿者们给这些反嘴鹬戴上环志，在事先选好的放飞地顺利放飞。

2017 年 10 月 11 日，姜信和夫妇放飞了最后一只海鸟。

"有没有对这些鸟儿做环志？"我知道这是给鸟儿做环志的好时机。

"专家征求过我的意见，我没有同意。天空中飞来的诸多迁徙来的鸟儿，我们都会把它们当作自己的鸟孩子。"姜信和低下头，声音很小。

无问去处
——野生动物医院笔记

1

在大洋河湿地，我第一次见到一只狍子的尸骨，它躺在覆着一层浅雪的海边，肮脏而散乱的体毛，散落在尸骨四周，如同灰白色的破旧云朵。狍子全身的肉都不见了，一条暗红色的脊椎骨僵硬笔直，蛇一样匍匐在雪地上，微微翘起的尾骨，如探路的蛇头。不过，狍子的头部，在被凛冽的北风蚕食，并被冰雨清洁过后，完整无损地躺在那里。我想起英国作家亚当·尼克尔森，他在《海鸟的哭泣》一书中描绘海鸦尸骨时说："如同一幅对生活抉择之后的示意图，每个细节都如同一把枪一样意味深长。"

正是如此。狍子头骨的前部是两个巨大的眼窝，几乎占据了头骨的大部分，剔除了血肉的骨骼，只剩下凌厉的线条，它最后的坚硬姿态，令见证者怅然若失。这种无法弥补的失落感，替代了短暂的刺激感。狍的两只眼睛曾深嵌在拱形的骨骼内，受到保护。它活着时，两只眼睛呆萌朴拙，是其颜值的加分项。现在，它们成了熄灭的窗口。一部古代西班牙戏剧中有一句著名的话，适合放置在此类场景中："死者睁眼看清活着的人。"

在野生动物医院，我见到了另一只狍子。

它耷拉着后腿，双眼紧闭。腹部异常饱满，竖裸着一条撕裂伤，肉红色，尺余长。肉眼可判，这是一只孕狍。

麻醉，清创，探查伤口的深度，缝合。未料，突然间，狍子停止了呼吸。立即注射肾上腺素，无济于事。当务之急，剖宫产。四只幼崽，均已成形，每只两公斤左右，然而，只有一只尚有微弱呼吸，立即把它放入保温箱，吸氧抢救。两小时后，抢救失败。

被发现时，这只孕狍后腿跟腱已断，试图穿过水泥厂的铁丝网时，又刮破了腹部。大夫说，它受了太大刺激，属于应激死亡。

我一直觉得，生活在我们鸭绿江口湿地的狍子，比生活在山林中的狍子更加害羞。湿地又大又开阔，可周边全是人类，兽类的古老生活与人类文明，从未像如今这样密不可分。林立的高楼、喧嚣的汽车、陌生的障碍物，以及异样的气味，都在削弱兽类基因中的适应能力。我小时候，住在大山里，狍子很多，山林中的狍子大摇大摆，在农田边缘的开阔地吃草，或在豆地里啃大豆，见到人毫不慌张。可在湿地中，兽类很少在白天出现，它们胆怯而略显愚笨。

怀了孕的狍子尤其敏感多疑，一受惊，就会东奔西突。本就反应慢半拍，加之一孕傻三年，又身体笨重，更容易被野狗追赶和攻击。过去数年里，狍子数量庞大，成为狩猎的首选。为了延续基因，免遭灭绝，狍子练就了一项独门绝技，它的受精卵可以在子宫内"休眠"。换言之，它可以控制受精卵着床发育的时间，避开严酷的冬季，让幼崽在6月出生，彼时气候温暖，环境适宜，幼崽存活率高。并且，一般的鹿科动物三四岁才成熟，一胎只一崽，而狍子一两岁就成熟，又有极强的繁殖能力，通常一胎两崽。从某种角度说，狍子大智若愚，作为东北神兽之首，名副其实。

在大东港湿地，我看到狍子像一只大鸟一样跳跃。遇到雪天，它脑子会发蒙。东北的大雪，一下就是一天，雪片簌落，狍子站在雪地里，淋着雪，呆愣地眨着眼睛，一动不动。雪片落在它的身上，落在它的脸上，好像给它戴上了白色的面罩，它黑色的大眼睛和大嘴巴越发突出了。我很纳闷，为什么它不能像狗一样，抖一抖身上的雪呢？被雪覆盖的狍子，不动时，像一个沉默的潜伏者。可是，在湿地，没有比狍子的眼神更清澈的兽了，它太单纯了，不仅注定做不成潜伏者，反而是最容易暴露的兽。

长久以来，无论东北，还是华北，狍子都是被猎杀最多的兽类之一。狍子的肉质鲜美无比，是被端上餐桌最多的兽肉；狍茸在中医里可代替鹿茸入药；它的毛防寒功能强，被做成了皮草。鄂伦春人的许多服饰、生活用品都是用狍子皮毛制作的，他们在重大庆典和节日时头戴的"密塔哈"，是用整只狍子的头颅，去掉骨肉后，保留狍头上的毛、角、耳朵、鼻子和口，精心鞣制而成，与狍子的头一模一样，故称其为"狍头皮帽"。

冬季的哈尔滨，鄂伦春人牵着神兽，穿着皮袍，戴着"密塔哈"，走上中央大街。这原始化、古老化、陌生化的巡街，吸引了无数游客。狍子两只毛茸茸的角竖在鄂伦春人的头顶，两只眼睛无辜地望向前方，而戴上它的鄂伦春人，骨血里的英气被激活，头抬得高高的，腰挺得直直的。

作为狩猎民族，鄂伦春人牢记祖训：畋不掩群，不竭泽而渔，不焚林而猎。

可究竟是何时何地何人破坏了规矩？草木未落，斧斤已入山林；獭未祭鱼，数罟已入洿池；鹰隼未挚，罗网已张于溪谷。覆巢，击卵，杀胎，人与万物长久以来维持的微妙平衡被打破，不断有鸟兽悄然灭绝。如今，连狍子也成了濒危动物。"密塔哈"成了非物质文化遗产。

这个冬天，异常寒冷。大雪之后，路面如镜子一般。我坐在远郊车上，望着窗外，视线中一片苍茫。右侧大片的水稻田，在某种程度上，部分弥补了自然湿地的损失，靠近路边的水沟，稀疏着一簇簇芦苇，苇絮饱吸了汽车尾气，又黑又腻，苦着一张脸，在风中瑟缩，摇摆。猝然间，一只鸟儿从苇丛里冲出来，之前我并没有发现它，现在，它好像一支冷箭，被弓仓促地推了出来，跌跌撞撞地向马路对面飞去，那里是另一片稻田。从它的身形判断——比麻雀大得多，比喜鹊又小得多，当是鸥鸟。远郊车正好迎上了这只鸟，我眼见它从挡风玻璃上滑了下去，一点声息都没有。

"怎么样了？"我问司机。"死了吧。"司机语气平淡。"它飞得太低了。"有人补了一句。

野生动物医院里，被车撞伤的野生动物，除了狍子、野鸡，还有凶猛的豹猫，长得很像狍子的獐，甚至狡猾的黄鼬也不能幸免。

我的判断是，湿地的鸟兽不知道躲车。我们去大东港湿地捡泥螺，摘碱蓬，翻石板蟹，有时回到家才发现，车前杠上竟挂着一只断了气的野鸡。

对汽车这种文明的产物，鸟兽们还没有应对的经验。狍子四肢健壮，善于奔跑和跳跃，时速约在50公里，一次跳跃可达15米，却也常是车轮下的牺牲品。对陌生的庞然大物，狍子的好奇大于恐惧。所谓无知者无畏。鸭绿江湿地中，迄今没发现熊、狼和老虎，正常状态下，野狍的生境中除了人类，几乎没有天敌。在湿地狍子的兽生经验中，它简直是鹿科动物中的"鹿生赢家"。尽管陌生事物越来越多，但它并不担忧。所有的新鲜事物都令它着迷。可它又是个矛盾混合体，既爱看热闹，又迟疑胆小，总是会因莽撞而频生祸端。

尤其夜晚来临，湿地周围亮起万家灯火，人类与兽类仿佛息息相通。夜里溜达出来的狍子，遇见车灯，会把车灯当成玩具，跳跃着追逐。只有当人类试图靠近它时，它才会仓皇着逃跑，而它还生怕对方追错了目标，会把屁股的毛参开成一朵白花，无意中由潜伏者变成了引诱者。

湿地中的狍子，有时会溜到城市周边，糟蹋庄稼，破坏田地，或蹲到马路边卖呆。在城郊的树林里，针对狍子的兽夹，多而杂。从前，我舅舅会用一根铁丝扭成圆圈，系上绳子做成简易的兽套，来捕捉狍子和獐，不过成功率很低。现在的兽夹技术性强，威力极大。兽夹通常埋在枯叶下面，套索圈在兽夹上方。狍子踩到兽夹，就会触发套索启动，踩到机关的腿就会被紧紧夹住，越挣扎夹得越紧。

我曾跟随野保站的志愿者，到山林中清理过兽夹。志愿者一般会请当地人做向导，发现兽夹，他们会先捡来一根粗木棍，用力戳一下兽夹，兽夹就会嘭的一声弹起来，着实吓人一大跳。一个下午，常能清理一二十个兽夹，有些兽夹锈迹斑斑，有些则沾着血迹或零星皮毛。

从30千克变成几百克的枯骨，死去的狍子，证实了湿地中兽类生存的特性，意外、追杀、恐怖、突袭、残暴、杀戮。可有些时候，谁也无法知道凶手是谁，在湿地野生兽类生存法则中，没有血债血偿一说，所有的痛苦和恩怨在死亡来临时，都烟消云散。而你看着这样的狍子，"看到的是活生生的恐惧"。这种恐惧固然缺乏方向，但深渊也就此埋下了伏笔，设置陷阱的人，也许终将成为自己的猎物。我们沉默着，而风声将沉默撕碎，听任死者在地下将生者非议。

2

开车路过一个村庄时，猛然发现松林上方聚集着数百只白鹭。远远望去，像星星点点的云朵落在树尖。一阵来自黄海岸边的暖风穿过湿漉漉的海滩，来到这里，白鹭们活跃起来。当然，无须借助风，它们便可自由地飞上飞下，翅膀是天赐神器。在夏日的晴空下，这些仙子般的大鸟显得慵懒而快活。

紧贴松林，只有一户人家，门外有块石头，高而平，借助它，我试图拍一些清晰的图片。户主正在黄瓜架下摘黄瓜，跟他搭话，他并不热情。

我注视着这些白色的精灵，倾听着它们此起彼伏的鸣叫。白鹭的鸣叫低沉聒噪，音节短促，单个听起来类似乌鸦，粗哑单调。众声合唱时，如同冰排在暖阳下次第开裂。如果我是个真正的鸟类学家，一定会觉得它们潮水般弥漫的叫声奇妙无比，含义无穷。

"我最受不了的是它们的叫声，是噪声，噪声。"摘黄瓜的村民抬起头，望着我说，"一大早起来，满耳朵都是呱呱的声音，啊，太讨厌了。你看，我种的果树都快成'光杆司令'了。"白鹭的鸟屎具有腐蚀性，落在树上，树大多会叶落枝枯。

村庄离海边不远，白鹭觅食很方便。理所当然，它们已成为这里的常住民。白鹭们虽然看起来怡然自得，但仍旧有所顾忌。它们偏于一隅，只在松林上方活动，不会飞到相距咫尺的人行道上，也不会盘旋在令人尊敬的小镇居民头上，啄掉他们的帽子，更不会在他们耳边喋喋不休，或者在他们的汽车玻璃上拉屎。相比合法村民来说，它们显得孤僻、冷静、严肃，与人类保持着泾渭分明的距离。

尽管如此，在野生动物医院的救护手册上，关于白鹭的记载并不少。

大多是翅膀和腿部的外伤。我疑心是弹弓所致。在我认识的人里，就不乏弹弓爱好者。每到周末，他们就拿着武器，到零散的湿地寻找鸟儿，偷偷摸摸一试身手。

如果你浏览短视频，会看到比比皆是的弹弓高手。在越南和巴基斯坦，斑鸠和白鹭泛滥，弹弓打鸟属于合法狩猎。一位弓龄三年的弹弓手，技法娴熟，百发百中，三两分钟内，一只白鹭就会命丧在他的弹弓之下。那些在田野里觅食的白鹭，在水渠边散步的白鹭，在树枝间飞跃的白鹭，跟我每天上下班途中在水稻田里看到的白鹭，几乎一模一样。

弹珠击中一只白鹭的翅膀，它还没有回过神来，甚至连一声惊叫都来不及，就从空中猛地落下，在地上扑棱着。它黑色的长嘴大张着，挣扎着喊出声来，"呱，呱，呱"，每发出一个音节，喉咙都在不停地颤动，仿佛耗尽了全力，它整个身体向路边倾斜，脑袋慢慢耷拉下来。弹弓手跑上前去，用手扒拉了一下它的翅膀，这只垂死的白鹭，抬起脑袋，试图做最后的努力，一串低低的"咕，咕，咕"声后，它彻底松懈下来，如同危机解除那样，即便明知是死亡的危机。它的嘴巴被一只手捏着，翅膀被另一只手提着，像一块破烂的抹布。它闭上眼睛，所有求生的欲望都耗尽了，只好听天由命。弹弓手压抑着内心的解放感和胜利感，像一个真正老练的猎人那样，迈着轻快的脚步，向路边的摩托车走去。

在我们湿地，翅膀受伤者中，最多的是苍鹭、白鹭、野鸡之类这种体形相对较大的鸟类，此外，凶猛如鹞和鸮，也有翅膀受损的病例。据我所知，我们这里的弹弓爱好者，并不吃海鸟肉，他们仅仅是打鸟取乐，打发无聊的时光。

高楼上明亮的玻璃、鳞次栉比的人造建筑、夜间绚烂的城市人造光、空中纵横的高压线，对鸟类来说，是另外的致命威胁。一只以正常速度飞行的苍鹭，撞到玻璃上的生还率差不多是零。平均每栋建筑物每年会导致一到十只鸟类死亡。一个夏日午后，一只海鸟撞在我 22 层办公室的窗上，"砰"的一声落在窗外的平台上，像一个不真实的梦。

对于鸭绿江口湿地的迁徙鸟类来说，过度的人造光在夜间会打乱鸟类的昼夜节律。尤其是鸻鹬类迁徙大军，昼夜不停地在太平洋上空飞行，很容易被明亮的建筑物吸引，导致撞击身亡。即便没有撞上建筑物，灯光也会使夜间仍在迁徙的鸻鹬迷失方向，从而消耗大量能量。精疲力竭的鸟儿，更容易受到来自城市的威胁。

哲学家叔本华说，死亡的困扰，是每种哲学的源头。我常常想，自然界中众灵的死亡，真的是一件偶然和荒谬的事情吗？动物有死亡的困扰吗？死去的鸟儿，在无限接近死亡的时刻，灵魂是否如人类一样，会颤抖，会战栗？它是否自动开启了另一种存在的方式？

退潮时，我喜欢在海滩寻找兽类的足迹。不可避免，总是会发现鸟类残缺不全的尸骨。有时，是一只鹬类的头骨，其他部分都不见了；有时，是一只野鸭的残肢；偶尔，也会见到苍鹭或豆雁完整的尸体。你很难判断它们的死因，没有一把智力的刀子，可以切开所有事物的秘密。困在时间里的鸟类残骸，被呼啸的风不倦地剥削，又被潮水反复地冲刷，稀释了海鸟世界的神秘和残酷。

获取食物、繁殖、哺育幼雏、资源竞争，还有气候变化、海洋变暖、油污污染、栖息地的缩小，都对海鸟造成威胁。它们该如何抵抗越来越多的负面因素?"生物的形状,就是用生命的力量反抗死亡的限制",一位评论家这样说。这句耐人寻味的格言式句子,似乎在暗示,在充满否定的世界里,海鸟天赋希望,是负面的对立面。

是的。海鸟是神话中的灵魂,传说里的扶光。

海鸟以独特的方式感知周遭的环境,以自己的维度定义整个世界,以自己的形态生存。世界的多样性告诉我们,人类尚有很多不具备或不需要的认知适应能力,与海鸟相比,人类在智力上似乎不该有优越感,更没有垄断权。我们无法像游隼一样悬停在空中,更不可能像鹱鹬那样,不吃不喝,连续不断飞行两三万公里,横跨太平洋,找到回家的路。我们也不会像白鹳一样在 25 公里以外就能嗅到割草的味道,从而找到食物。很多海鸟的嗅觉敏锐得不可思议,研究发现,磷虾在取食浮游藻类的时候会释放一种气体,名为二甲硫醚,很多海鸟可以凭借这稀薄的气体捕食到磷虾。很不幸的是,在海面漂浮的塑料也会释放二甲硫醚,而所有的鹱形目,都吃过塑料,这是不容回避的事实。每年,有超过 10 万只海洋生物和 100 万只海鸟因塑料死亡,至少有 694 个物种因塑料污染而濒临灭绝。据可靠预计,到 2050 年,所有种类的海鸟中,99.8% 的鸟胃里都会有塑料。

海鸟的胃里,当然不止塑料。我看过一位摄影师在太平洋中途岛拍下的一组照片,那是一些在海滩上死去腐烂的信天翁,解剖后的场景触目惊心,它们的胃里三分之一是塑料,三分之二是无法消化的打火机、气球、瓶盖、泡沫、废电池、乒乓球、尼龙线、玩具零件……误食塑料,海鸟会脱水、饥饿、胃穿孔而死。我们随手丢弃的塑料垃圾,都将成为杀害海鸟的凶器。

能让海鸟群落掀起巨大波澜的,永远是人类。

据估计,每年有1.5亿多吨塑料废物进入海洋,吞食了这些塑料的动物,体内蓄积了大量毒素,其中一些,比如鱼类,最终回到人类的餐桌上,进入人类的胃里。莫比乌斯环的齿轮开始转动,不舍昼夜。

在沿江路的一处野塘中,一只凤头䴘误闯入渔网中,那是用来拦鱼的旧网,不知是有人新插进去的,还是以前插进去丢弃在那里的。凤头䴘是一种长相漂亮的水鸟,被称为"涡轮增鸭",不仅会水上漂,还会潜水。困于渔网中的凤头䴘,水上功夫再了得,也失去了用武之地。它的两条腿被渔网紧紧缠住了,越挣扎越缠得厉害。幸运的是,有渔民发现了它,剪断了困扰它的渔网,这只凤头䴘才捡回了一条命。

有的海鸟则没有这么好运。一只被废弃渔网缠住的游隼,就因此送了命。被巡护员发现时,鸟身早已僵硬,像一团暗褐色的老石头。它夕阳般冷峻的犀利目光,被死亡的利剑穿透,曾经快如闪电的翅膀,黯淡无光,萎缩在干枯的皮肉上。痛苦没有债主,过于轻浮的死亡,无人在意。挂在旧渔网上的这只大鸟,这只曾经的空中霸王,高贵的身份被一张破旧的渔网彻底格式化。

3

第一次听紫环乐队唱《天鹅之死》时,我一下被震住了!主歌部分不急不躁,干净的嗓音,陈述一个简单的故事:一个遥远的地方，一个贫瘠的村庄，村民像天鹅一样善良。一只白色的大鸟飞到这个地方，它筋疲力尽，且受了伤。人们竭尽所能，用尽了力量，老人和孩子们都有一个希望，想使这只大鸟能够重新飞向太阳。最终，他们如愿以偿，大鸟重新在天空翱翔——蓝色的天空，白色的羽毛，血红的夕阳，最后的希望。副歌部分，情绪推进到高潮，由平静的陈述变成金属般的嘶吼：有一天，人们发现了贫瘠，想脱去这身衣裳，于是他们看见了大鸟，并且向它端起了枪。

贫瘠不自知时的善良，贫瘠自知后的猎杀，唱出人心的多变与邪恶。可我，从这首歌里听出了人类的悲哀。白色海鸟的命运难道不正是人类自身的命运吗？我想到最初看芭蕾舞《天鹅之死》时的那种震撼，如同这首歌里猝然插入的那声枪响一样。视觉为听觉做了补充，当大提琴奏出忧伤的旋律，我看到身负重伤的濒死天鹅，渴望重新振翅翱翔，它孤身只影，艰难地尝试飞离湖面，一次又一次，终至力竭倒地，一阵死亡前的战栗似闪电穿透了它，在颤抖中，它竭尽全力抬起一只翅膀，指向遥远的天际。当天鹅倒下时，紧绷的肉身一下子松懈了，而我的心却同时揪了起来，如坠冰窟。

在这只濒死的天鹅身上，我看见了所有的人间真相：偶然、意外、渴望、顽强、坚韧、接受。渴望生，敬畏死。

人与万物，同为自然之灵，人类总是相信，人与万物定有共通之处。在文学上，早已实现了人与万物的移情和转换。荷马史诗中厄瑞克透斯的两姐妹复仇成功后，变成了燕子和夜莺。俄国作家蒲宁写过一篇小说，名叫《韦尔卡》，勤劳勇敢的渔家少女韦尔卡，执着地追求爱情，为搭救心爱的人，最终变身海鸥。

在海鸟身上，我们或许会洞悉自身的秘密。作家们会想象，也许，某一天早上醒来，你发现自己变成了一只天鹅。

然而，这很可能只是人类的一厢情愿。《庄子·至乐》里曰："昔者海鸟止于鲁郊，鲁侯御而觞之于庙，奏九韶以为乐，具太牢以为膳。鸟乃眩视忧悲，不敢食一脔，不敢饮一杯，三日而死。"更可能的情形大约是，万物的悲喜并不相通。兽栖深林以为乐，鱼浮江湖以为美。

天鹅是翱翔于天空和风中的神灵，如果你肯花上几个钟头盯着它们看，那种跨越界限的自由感，给人以深沉的宁静，翅膀优雅地掠过水面，犹如仙女挥洒笔墨，在天地间写下自己的名字。

高贵如天鹅，迁徙之路上面对的天灾人祸并不比其他候鸟少。几年前，在美国艾奥瓦州，一夜暴雨后，停车场地上堆积了50多只天鹅的尸体。目击者称，这些天鹅是冒雨迁徙途中突然坠落的。专家解剖后发现，这些天鹅的肺部都发生了爆炸，推测真实死因是遭到了雷击。

2023年2月末，鸭绿江口湿地大洋河流域，大天鹅和野鸭群数量突然暴涨，仅夜宿在凤城市蓝旗镇梅家堡子的天鹅就多达2000多只，而五六年前，迁徙来这里的天鹅只有五六只。承包了此河段的渔民，每年都买来大量的玉米喂养天鹅，导致天鹅数量一年高过一年。

三只被救助的天鹅康复后，被野保站的专家佩戴了跟踪器，他们发现，途经此地的大天鹅主要是从朝鲜半岛迁徙到俄罗斯的贝加尔湖和蒙古高原的。天鹅们把大洋河当作一个迁徙停歇站，在此休息，觅食，补充能量。

在河面游弋的不止有天鹅，还有上万只花脸鸭以及数以千计的针尾鸭。

3月5日，几名护鸟员发现，有两只大天鹅在天空飞着飞着，突然像失事的飞机一般，从空中一头栽下来。待追上查看时，天鹅已死去。大天鹅的食道比较短，只有药物中毒，才会在如此短的时间内死亡。3月8日，一名护鸟员一下子发现了七只大天鹅的尸体。随后，数只大雁的尸体也被发现。在一个大垃圾箱里，森林警察又发现了一只装有24只花脸鸭的编织袋，应该是毒鸟的嫌疑人仓促之间丢下的。解剖显示，这些天鹅、大雁和针尾鸭，都是吃了人为抛撒的毒玉米中毒而死。

距大洋河一公里左右，一只中毒的秃鹫匍匐在稻田里，它裸露的长颈蜷缩起来，阔大的翅膀耷拉着，坚硬无比的嘴半开半合，嘴周围和爪子布满渗出的血，凶猛的目光中透出无尽的惶惑与绝望。号称百毒不侵的秃鹫也没能进化出分解有害农药和兽药的能力。

洗胃，催吐，解毒，打针，抢救了三个小时，它翅膀上的羽毛仍旧成片脱落。中毒引起的急性肾衰竭，最终导致了它的死亡。

此刻，我看着这些死去的天鹅。它们排成一列，悄无声息地躺在地面上，曾引以为傲的翅膀，再也享受不到在风中翱翔的确定性与控制感，阳光像聋哑人的语言，在它们干瘪的羽毛上，投下浓重的阴影。

打开搜索引擎，毒杀海鸟的新闻比比皆是。2016年，内蒙古洪图淖尔湖就曾发生过数百只天鹅被毒杀的事件。洪图淖尔在蒙语里的语义恰是"有天鹅的湖"，没有比这样的毒杀更具讽刺性的了。

《海鸟的哭泣》一书中有个统计数字说，过去60年里，全球海鸟数量已经下跌超过三分之二。所有的海鸟种类中，有三分之一正面临灭绝的威胁。

"十几年前，我还见过被毒杀的丹顶鹤，尸体多得要用麻袋装。"巡护员看着地上的天鹅尸体，喃喃自语。被冠以"湿地之神"美誉的丹顶鹤，在鸭绿江口湿地极难见到，数量稀少。20世纪90年代，朱哲琴演唱的《一个真实的故事》可谓家喻户晓，凄美的旋律，激起人们对丹顶鹤强烈的保护欲。

在古代神话和民间传说中，鹤是神仙的乘骑，故有"仙鹤"之称。早在《诗经》中就有"鹤鸣于九皋，声闻于野"的描述。在传统文化中，仙鹤常以高雅、长寿的寓意出现，是文学作品和绘画中的常见主题。疏影横斜中见鹤洗心，暗香浮动中有鹤闻香，植梅畜鹤是雅士之举，"梅妻鹤子"是隐居之乐，更是清高之喻。

前阵看新闻，一只佩戴了追踪器的丹顶鹤，在迁徙途中突然消失了信号，经过专家和民警对失踪丹顶鹤完整活动数据的读取、比对和分析，锁定了丹顶鹤最后的消失地，并抓获了猎杀丹顶鹤的犯罪嫌疑人。然而，找到的只是丹顶鹤被食用后丢弃的残渣。

鸟类对周遭世界做出的唯一理性的反应，是敬畏。而人类对周遭世界应有的唯一的理性反应，不也应该是，且只能是敬畏吗？

4

> 夜鹭，翅膀外伤，腿痉挛。死亡，深埋。
> 喜鹊幼鸟（六只），摔伤。死亡，深埋。
> 大杓鹬，翅膀外伤，绝食。死亡，深埋。
> 白枕鹤，右翅骨折，衰弱。死亡，深埋。
> 尖尾滨鹬，翅膀骨折，衰弱。死亡，深埋。
> 红隼，撞伤，衰弱。死亡，深埋。
> 松鼠，中毒，痉挛。死亡，深埋。
> 鹰鸮，头外伤。死亡，深埋。
> 长耳鸮，衰弱。死亡，深埋。
> 红角鸮，外伤，衰弱。死亡，深埋。
> 豆雁，中毒。死亡，深埋。
> 貉，难产。死亡，深埋。
> 丘鹬，外伤，衰弱。死亡，深埋。
> ……

我翻看着野生动物医院某年的接诊记录表，密密麻麻，不计其数。我感到一阵眩晕，动物远比我们想象中要脆弱得多，但也许人类更脆弱。

湿地、丛林、海洋，对生灵们来说，都是无名的战场，它们，忙着生，也忙着死。在我眼里，野生动物医院与海明威笔下的战地医院,何其相似。战地的钟声一直在敲响,人类在纸上写着:永别了,武器。而更多看不见的战场,像一堵墙,横在个体生命之间。海明威说,别人的不幸就是你的不幸,不要问丧钟为谁而鸣,它就为你而鸣。是的,痛苦、恐惧、死亡,都是平等的。

  我最后一次看见狍子,是多少年后,在某地展览馆。那是一只完整的成年雄狍,它站在模拟苇塘生境里,宽而圆的大耳朵毛茸茸的,颈部曲线柔和,一条浅灰色的鼻吻立体了它脸部的轮廓。午后的光线投射在它暗棕色的体毛上,使得它浑身都亮了起来,和一只真狍子一模一样。我注视着它黑而大的眼睛,那两只眼睛也正平静地注视着我,历史和时间仿佛在此形成了不可思议的重叠。